HOMEM-OBJETO E OUTRAS
COISAS SOBRE SER MULHER

TATI BERNARDI

Homem-objeto e outras coisas sobre ser mulher

Copyright © 2018 by Tati Bernardi

Grafia atualizada segundo o Acordo Ortográfico da Língua Portuguesa de 1990, que entrou em vigor no Brasil em 2009.

Capa
Cleber Rafael de Campos

Preparação
Cássia Land

Revisão
Valquíria Della Pozza
Márcia Moura

Dados Internacionais de Catalogação na Publicação (CIP)
(Câmara Brasileira do Livro, SP, Brasil)

Bernardi, Tati
    Homem-objeto e outras coisas sobre ser mulher / Tati Bernardi. — 1ª ed. — São Paulo : Companhia das Letras, 2018.

ISBN 978-85-359-3121-1

1. Contos brasileiros 2. Crônicas brasileiras I. Título.

18-15183   CDD-869.8

Índices para catálogo sistemático:
1. Contos : Literatura brasileira 869.3
2. Crônicas : Literatura brasileira 869.8

Iolanda Rodrigues Biode – Bibliotecária – CRB-8/10014

[2018]
Todos os direitos desta edição reservados à
EDITORA SCHWARCZ S.A.
Rua Bandeira Paulista, 702, cj. 32
04532-002 — São Paulo — SP
Telefone: (11) 3707-3500
www.companhiadasletras.com.br
www.blogdacompanhia.com.br
facebook.com/companhiadasletras
instagram.com/companhiadasletras
twitter.com/cialetras

Sumário

Meu marido joga video game (texto inédito). 9
Legal, mas e o filho?. 11
A farsa do apartamento no Guarujá 14
Tadinho!. 17
Estar grávida é estranho. 20
Shopping é um lugar bem triste. 23
Vovó Reaça. 26
A raiva gostosinha 29
Dr. Machismo. 32
Enamorada de Jamilton. 35
O muso. 38
Uma mulher boazinha. 41
Para meu filho. 44
A escolha de Sofix. 47
Nunca amei ninguém. 50
Aleluia?. 53
Homem-objeto. 56

Lava Jato versão tadinha 59
Contra o machismo, a favor dos machos 62
Carta aberta ao rapaz da padaria 65
Uma puladinha de cerca em vinte anos? 68
Borracha neles! 71
TV de cachorro 74
Deus abençoe você que flerta com desconhecidos 77
Porque, porque, porque, porque 80
Beijo, não me liga 83
Se for neurótico, não mande *nudes* 86
Tipo assim, energia, meu 89
Culpa 92
Personal existência 95
Como é triste dormir em hotel triste 98
O pós-venda do sexo casual 101
Vai ter que ser na marra? 104
Doutor *showman* 107
Qual a boa? 110
O que eu queria ter dito 113
Meu primo é de (extrema) direita 116
Perdão, rapazes 119
Me sinto mal 121
Funcional 124
Quarta de manhã fui muito feliz 127
Quem vai ajudar o vovô? 130
Sexo sem amor 133
Só quando o bebê der certo 136
Nossa, como você tá magra! 139
Casamento não é spa! 142
A família sem linguagem 145
A endoscopia 148

Faça o autoexame.. 151
Assédio assexual.. 154
A burguesia fede.. 157
Gata, eu não quero ver a sua xota...................... 160
O cachorro reaça.. 163
Este texto era sobre.................................... 166
A festa... 169
Aberta a temporada de idiotas........................... 172
A donzela da ponte aérea................................ 175
Fazer, não fazer, quando der............................ 178
Eu não quero.. 181
Mas eu não gosto dela................................... 184
Quantos anos tem o narrador do filme da sua vida?....... 187
A delícia que é espezinhar parentes..................... 190
Que vida maravilhosa esta!.............................. 193
Natal é dia de maldade.................................. 196
Geração Mimmaddium...................................... 199
Afunilando.. 202
Meio orgasmo.. 205
No que mesmo você trabalha?............................. 208
Viva a covardia... 211
Don Draper vai me abandonar............................. 214
Pais não envelhecem..................................... 217
Ignorante demais para Abramović......................... 221
Motivos para amar Olive Kitteridge...................... 224
Uma hora.. 226
A banalização da teta................................... 229
Acho que eu te amo...................................... 232
Edilayne.. 235
Nunca mais.. 238
O casamento do meu ex................................... 241

Fezes e sangue...244
Pegada e comida......................................247
O brinde..250
O abraço..253

Meu marido joga video game (texto inédito)

Alguma coisa acontece no meu coração que só quando cruzo a cozinha e a sala de televisão: lá está ele, focado, olhos arregalados, suado, gemendo, os músculos do pescoço tomados por um empenho que ele nunca teve ao resolver um perrengue da casa, variadas veias com a intumescência que só deveria aflorar em outros desafios. Meu marido joga video game.

Pode parecer um problema pequeno, mas sou dada a fetiches que remetem ao macho do tempo da minha avó. O empreiteiro da minha última obra não era um cara nem bonito nem interessante; mas um dia, no banho, pensei: "Cara, o Jamilton tem um charme". Jamilton derrubou minhas paredes, construiu outras. Jamilton disse "deixa comigo" umas sete ou oito vezes em menos de uma semana. Enquanto isso, meu marido conseguiu acumular sete pingentes e chegou até o castelo.

Sentei com ele ontem, minhas mãos limpando o suor sobre as coxas, sinal de papo sério. Ele achou que era algo relacionado a uma amante e já foi logo se explicando, dizendo que eu inventava personagens no trabalho e trazia essa mania pra dentro de casa e tal. Até parece que estou preocupada com traição. Tem coisa mais séria acontecendo nesta casa, meu querido. Pulação de cerca a gente até usa na hora de inventar uma historinha sexual pra dar tesão, mas o que eu faço com o som da torcida organizada o dia inteiro saindo do seu joguinho eletrônico? Ele não entra em nenhuma cena erótica na minha cabeça.

Aguentei os primeiros anos, tentando o mantra do "ame o outro como ele é". Aguentei os anos seguintes, levando o tema para a terapia "talvez eu não goste de ver a minha infantilidade espelhada". Mas, depois de quase cinco anos, que se dane Freud e a ioga: pelo amor de Deus, desliga essa merda ou vou te largar pelo bisavô de alguma amiga. Qualquer espécime masculino que esteja velho demais (ou com pouca visão e coordenação motora, sei lá) pra obter algum prazer nessa desgraça.

Meu clitóris, amor, quando te vejo jogando video game, se torna o botão da bomba atômica. Tenta entender. Posso explodir tudo que construímos com tanto esmero (na real foi o Jamilton que construiu, enquanto você procurava a chave que leva ao sábio da masmorra). Eu posso superar surubas, sumiços, silêncios. Só te peço uma coisa: chega dessa musiquinha com corneta da vitória. Fique sério e abatido com os rumos do país. Ande pela casa com algum desgaste na coluna. Me ajude a não ter mais sonhos performáticos com os idosos da minha aula de hidroginástica.

Legal, mas e o filho?

Só ontem meu pai postou três vídeos. Teve o clássico bebê rindo despudoradamente de imitações de pum, teve o superclássico bebê gutural achando que tá batendo papo e teve o não menos clássico bebê que quase dorme, mas acorda e sorri pra mãe. Se papai está assim, você imagine mamãe. Semana passada ela trouxe um bolinho de cenoura com chocolate e, conversa vai, conversa vem, mandou o sincerão: "Filha, mesmo cansada, mesmo ocupada, tem que transar. Bebe uma tacinha de vinho, sei lá, mas promete pra mãe que transa hoje, filha?". Fiquei muda, e minha vontade era permanecer muda até meus cento e dois anos, quando eu soltaria um grito imenso, terrível, e então morreria.

Nesta última terça lancei um livro. Fui comprar um vestido e a vendedora, para a qual expliquei a ocasião, foi logo falando: "Ah, legal... E FILHO, você tem?". A fofa no provador ao lado, que experimentava o mesmo modelo tamanho G, confrontou meu quadril e se apressou: "Claro que não". E as duas riram, cúmplices, compartilhando com arrogância doce a tal felicidade plena que ainda me é velada. Olharam meu maravilhoso abdômen moldado em quatro sessões semanais de pilates (na verdade tive duas viroses intestinais seguidas) e zombaram de mim, como se eu ostentasse, em neon piscante, o número zero na testa.

   Que relação não tem suas crises? Mas em meio segundo minhas amigas arrombam portas e estilhaçam janelas com cartazes "não dá mais tempo, agarre esse sêmen". Não rola, até depilação na virilha eu só consigo fazer quando estou de bem com a Waldimeire. O bullying das tias e comadres (e de qualquer uma que já pariu ou está parindo ou está para parir), disfarçado de "só falo porque te amo", começou quando fiz trinta e dois anos. Eu recebo mensagens de texto e recadinhos via inbox e telefonemas e e-mails com informações maravilhosas que vão desde "os riscos para a minha saúde depois dos trinta e cinco" até "a probabilidade de a criança nascer com problemas mentais se eu passar dos trinta e cinco". Tem também os "olha como sou queridão" que mandam links "não foram mães e ainda assim são felizes". Amados, se quiserem mesmo me agradar, me mandem vídeos com o Adnet, o.k.? Estou com quase trinta e sete. Nos últimos cinco anos, escrevi quatro seriados para televisão, colaborei em novelas, escrevi cinco filmes, lancei dois que foram sucessos de bilheteria. Escrevi uma peça de teatro que lotou seiscentos lugares por dois anos. Já estou no meu quinto livro. Escrevo esta coluna que você está lendo. Estudo psicanálise. Aprendi a fazer a invertida na ioga (mas jamais farei a foto #gratidão). Comprei um apartamento sem nunca deixar de pagar o plano de saúde dos meus pais. Mas me olham como uma mulher perdida, oca, infantil, estranha, pois a gola da minha camisa de seda não vem com o ornamento "status da trintona que venceu de fato na vida", vulgarmente conhecido como golfo de leite.

   Falei pra minha analista que "quero, mas não agora". Ela, muito boa em estapear faces, respondeu que "decidir pro futuro, não é decidir". Fui caminhar hoje de manhã e contei dezenove crianças, sete bebês e quatro grávidas. Quase sinto saudades da época em que somava os números das placas dos carros até dar oitenta. E, se desse oitenta e um, eu tinha que começar tudo de novo. Por pior que fosse, rolou uma melancolia dessa época. Sim, quero ser mãe. Sempre quis, independente dessa lama chamada opinião do coleguinha. Mas, por ora, se você me encontrar na rua, só me abrace. Estou precisando.

A farsa do apartamento no Guarujá

Claro que foi errado, arquitetado, uma lorota daquelas. Se houve desvio, foi de caráter. Mas quem poderia julgar? Ficava na melhor praia do Guarujá, tinha vista para o mar e uns trezentos metros quadrados, sob ar-condicionado. Era o sonho de qualquer bravo brasileiro nascido na periferia.

A papelada era completamente ilícita e a utilização de um laranja foi absolutamente necessária. Mandei o Celsinho, meu melhor amigo na época, entregar um bilhete escrito com caneta rosa perfumada: "Amanda, quer ser minha amiga?".

Amanda Bulhosa era a garota mais zoada da escola. Óculos pesados, pernas tortas e um freio que saía dos dentes (e encontrava um capacete de couro atrás das orelhas) não eram nem o começo da tragédia. Ela tinha também uma voz muito chata que, para piorar, só ecoava despropósitos. Sua existência era escoltada, ininterruptamente, por um coro de insensíveis ávidos por gritar: "Dãããã". Na hora do recreio, enquanto a pobre comia, o grupinho mais popular da escola, também conhecido como "os lindos que adoram falar que já transam, mas duvido, porque eles só têm doze anos", imitava o que seria o "som da digestão de um monstro". Ela estava sozinha no inferno.

Até que um dia, Amandinha chegou com uma novidade: um apartamento gigante no Guarujá. Ela trouxe fotos pra comprovar e, porque era realmente uma belíssima aquisição com piscina e o escambau, ninguém comentou sobre "como ela ficava estranha com aquele maiô". Seus pais estavam convidando dez amiguinhos para o feriado. Ela, que nunca teve acesso a nem sequer um "oi" da espécie humana, começou a receber sorrisos largos pelo corredor. O coro do "dããã" foi perdendo quórum à medida que a temperatura do final de ano foi esquentando.

Para quem não lembra, ter um apartamento no Guarujá, no começo da década de 90, era o equivalente a ter, no começo dos anos 2000, um apartamento na Riviera de São Lourenço. Equivalente a, hoje em dia, não ter carro. Era chique, era cool, era uma coisa maravilhosa na vida da pessoa. Eu e mais uns quarenta e oito dissimulados começamos uma campanha ferrenha e extremamente ardilosa a nosso favor. Sim, usamos mistos-quentes como propina. Éramos réus confessos da Operação Descida.

Aconteceu que, de tanto nos obrigarmos a gostar da Amanda, começamos a, de fato, sentir coisas boas por ela. E a Amanda, por sua vez (que tinha claramente como meta arrumar dez desgraçados pra chamar de amigos), fez um esforço tão sobrenatural para gostar da gente que acabou — a vida, vai ver, é bonita — sentindo algo bom por nós. Quando chegou o feriado, já estava todo mundo amigo de verdade. Não tenho provas, mas tenho convicção de que fomos muito felizes. Bons tempos em que a praia da Enseada funcionava melhor do que qualquer TED sobre os perigos do bullying.

Do alto daquela varanda incrível, com aquela vista maravilhosa, o poder (e um forte cheiro de peixe) me subiu à cabeça. Tentei por anos me manter (e a meus comparsas) mamando naquele *cooler* gigante cheio de refrigerantes (os Bulhosa já tinham varanda gourmet antes de o termo ser inventado!). Mas Amanda se encheu da gente e foi andar com um povo mais descolado, que fazia "dãããã" sempre que eu abria a boca.

Tadinho!

Acho que estava ocupada demais trabalhando quinze horas por dia, mas foi só tirar férias (pela primeira vez em infinitos anos) para perceber um fenômeno que ocorre na minha casa e provavelmente na sua: os homens, esses seres tão especiais e "desatentos por natureza e não por culpa deles", são tratados diariamente como tadinhos (e nós já estamos tão acostumadas que nem nos chocamos!).

Poxa, já basta "aturar uma mulher". Eita, aceitou dividir o condomínio! Virge, não é que ele cedeu seu supremo esperma pra fazer nenê! E você ainda vai querer que ele não transforme a casa em uma área abandonada após tsunami? Custa você levantar do chão, depois de tropicar pela décima vez em um dos vinte pares de sapatos espalhados pela casa, e rir? Cuecas e meias nasceram para os cantinhos, você que é chata! Tadinhos deles!

Minha mãe labutou sem parar dos quinze anos até pouco tempo atrás. Dirigia mais de duas horas por dia, aos sessenta anos, porque morava em Perdizes e trabalhava em Guarulhos. Me ajudou financeiramente no meu primeiro carro e no meu primeiro apartamento (já dei tudo em dobro, inspirada nos flanelinhas que me garantiram ser o que Deus fará por mim). Na época em que agências de publicidade, produtoras de cinema e emissoras de TV me remuneravam com valores ridículos (achando que "bastava o glamour de estar com eles"), *mommy*, com seu salário de secretária, nunca deixou de me socorrer. Apesar disso tudo, domingo era dia de receber o ex-marido, vulgo meu pai, para almoçar, e cozinhar uma tonelada de macarronada (que ele levaria e comeria por alguns dias). "Nossa, tadinho, ninguém cozinha pra ele!"

A Maria, que trabalha pra mim há quinze anos, esquece mais da metade do que lhe peço da feira, mas, se acabar o ovinho que ela faz de café da manhã para o meu marido, fico aturando o "tadiiinho" ecoando pela casa. "Como ele vai sair pro trabalho sem o ovinho?" Pensemos aqui na origem das palavras "coitado" e "chocada", usadas no texto.

Nunca vou esquecer quando um ex-namorado inventou uma obra "simples" que duraria cinco meses. Tratei sozinha com empreiteiro, pedreiro, pintor, marceneiro, arquiteto. Negociei os valores, paguei a maior parte, enlouqueci com os atrasos e com os erros. Decidi o lugar de cada prego, de cada móvel, de cada luminária. No dia da mudança, me vi pegando caixas pesadas, subindo em escadas bambas para guardar roupas e objetos... Ele se arrumou bonitinho para ir "a um churrasco da turma" e disse que na volta faria tudo, para eu descansar. Não topei, além de odiar caixas pela casa, havia cinco anos eu aguardava ansiosamente por esse momento em que ele resolveria alguma coisa (qualquer coisa!). A mãe da criança de quarenta anos, que estava por perto, saiu rapidamente em sua defesa: "Deixe ele ir, tadinho!".

Ontem fiquei das sete da manhã até uma da tarde no hospital, fazendo uma quantidade bem chata de exames "de grávida" que me invadiram, furaram e viraram do avesso. Meu marido ficou lá comigo, parceiro, olhando o Instagram. E o que todas as enfermeiras e médicas acharam disso? E o que eu e minhas amigas achamos disso? Que fofo! Tadinho! Alguém nos salve, por favor.

Estar grávida é estranho

Agora já estou acostumada com as pessoas me dando parabéns, mas antes até isso embrulhava meu estômago (junto com sucos, sopas, carnes, massas, queijos, frutas, perfumes, amaciantes, outros humanos, ar, existir). Deveria ter recebido essas congratulações aos vinte e dois anos, quando braços finos e peitos empinados formavam uma dupla fatal e imbatível nas festinhas. Os jovens merecem parabéns. Os solteiros, cheios de colágeno e vontades. Eu, sem entender o porquê de tanto cansaço, susto e mal-estar, só merecia (e queria) minha cama e o silêncio.

Lá pelos quatro meses de gravidez, um dia, no banho, fiz carinho na minha barriga, balbuciei um instintivo "oi, meu amor" e senti, finalmente, a beleza daquela transformação superando os embaraços. Mas, antes disso, inundada por hormônios insanos, refluxos descontrolados e notando meus cinquenta quilos ganharem toneladas de uma preguiça doentia e desesperadora, eu só desejava que parassem de me chicotear com arregaçados dentes ditadores e me abraçassem: "Eu sei, estar grávida é estranho".

Nunca foi tão assustador observar as hienas da alegria, os

unicórnios da plena satisfação, os patinhos do controle supremo e os ursinhos do orgasmo eterno. Nas redes sociais, toda grávida é muito abençoada e emana apenas luz e lantejoulas da magnitude. Na minha família, ninguém enjoou ou teve angústia. No grupo de amigas, a automática devoção incondicional por dois risquinhos em um exame de farmácia transformava a agonia física de ter engolido um trem a seco na mais irrestrita satisfação.

Eu chorava sem parar porque não conseguia ainda sentir o tal apreço avassalador, o tal deleite maior do mundo e, quando tentava emanar purpurinas aladas, acabava, uma vez que o organismo estava descompensado, apenas peidando ou arrotando. Seria eu escrota, incapaz de amar, pior mãe do planeta, uma pequena sociopata?

Tomei tanto Vonau sublingual que fiquei nove dias sem fazer cocô. As pessoas falavam "fui demitida justo quando comprei a casa" ou "ele me largou na missa de sétimo dia do meu pai", e eu pensava "nada pode ser pior do que não cagar, troca de problema comigo". Um dia, chegada do supermercado que fica na esquina, com uma leve sacolinha, o porteiro precisou me ceder seu banquinho: eu arfava como se fosse o fim. Além de me sentir com cem anos de idade e de ter sido agraciada com uma constante gana bipolar (mix de fome surreal com a necessidade urgente de golfar o planeta), padeci também de fortes enxaquecas e um sabor delicioso de chá de prego enferrujado na boca. O que tinham feito com meu corpo, minha vida, minha pressão arterial?

Camaradas continuavam indignados, provocativos: "E você não está feliz?". Cheguei a meu psiquiatra tão combalida que ele, a pessoa mais chistosa que já conheci, não fez um único gracejo. Doutor, não consigo dar piruetas de júbilo ou regozijar em estrelas explosivas enquanto um mero purê de batata me der vontade de ejetar a alma. É normal?

Quando, naquele banho, fiz o tal carinho na barriga, obtive

a resposta. Você vai amar seu bebê, vai subir as ladeiras de Perdizes sem pressentir o bafo jocoso da morte, vai comer pizza sem parecer que sofreu envenenamento na Roma antiga e, principalmente, vai trocar tanto medo pelo sorriso de uma filha. No mais, desejo aos tão centrados e exemplares e lépidos e prazenteiros, aqueles que sempre transam e vão a festas, que fiquem nove dias sem cagar. Grata.

Shopping é um lugar bem triste

Shoppings existem desde antes de eu nascer, mas nem por isso deixo de me maravilhar, semanalmente, com sua existência. Claro que eu falo pras pessoas que acho um troço deprê, que evito ao máximo. Pega bem odiar shopping. "Deus me livre ir ao shopping" pode ser entendido também como "gosto mesmo é de um bom sebo".

Mas a verdade é que, por dentro, estou sempre pensando: então existe mesmo esse lugar em que você pode comer no Ráscal (apesar de achar que só vale a pena pra quem come muito), comprar mais uma sandália na Arezzo (não vou usar, mas a loja vive em promoção e é a única com bastante opção no 33) e pagar por uma tela decente de cinema (mesmo não curtindo a maioria dos filmes que passam no shopping e detestando os adolescentes que não calam a boca atrás de você)? Sim!

O shopping é um lugar mágico em que todas as ruas são retas e lisas e limpas e bem iluminadas. Talvez paulistano goste de shopping apenas porque odeie suas ruas. Cinco minutos andando em Perdizes, onde moro, é a certeza de dor, suor, poeira, bosta nos sapatos e tem um mendigo na esquina da João Ramalho com a Ministro Godói que cisma em cuspir em mim.

    Cada uma daquelas casinhas perfumadas e cheias de pessoas sorridentes é um convite delicioso a melhorar seu dia. Mais uma almofada pra quê? Mais uma camisa branca pra quê? Mais uma bota preta pra quê? Eu não sei, mas essas mesmas coisas que continuo comprando, essas mesmas casinhas perfumadas e essas pessoas que me adoram falsamente naquele curto espaço de tempo perdido pra sempre são como uma repetição nervosa, solitária e compulsiva que me possibilita não assassinar humanos ou me fazer pequenos cortes. Obrigada, shopping!

    O shopping é um lugar muito triste, mas nós também somos. Por isso lotamos nosso templo, ainda que, se perguntados, vamos dizer que estamos com pressa. Que foi um sacrifício aquela paradinha naquele lugar terrível. Vim só resolver uma chatice de um presente. Ai, que saco, tenho que ir ao shopping! Mentira, estamos maravilhados. Estamos no castelo erguido para celebrar nossa solidão e tristeza e medo e compulsão.

    Lembro quando a Vivenda do Camarão chegou ao Center Norte. Eu me achava tão rica, tão fina, tão vivendo a vida loucamente quando pedia arroz à grega com camarão. E não parava por aí, não! Depois eu ia à Le Postiche e ficava maluca com aquelas bolsas. Eu já amava shopping mesmo quando ainda era só um ensaio.

    Tento lutar contra esse amor há anos, sempre que posso o desmereço com impropérios do tipo "lugar de gente idiota". Sou gente idiota! Corto o cabelo, almoço, compro sem parar, vejo todos os filmes, tenho enjoo com aquela pipoca amanteigada, passeio com minha cachorra, faço meus xixis, conheço vendedoras pelo nome, adoro a palavra "boulevard" apesar de não saber o que é isso. Estou velha demais para fazer de conta que prefiro coxinha a céu aberto em boteco "hypado" de bairro violento. Eu gosto mesmo é do Higienópolis. Ele consegue ser pátio e boulevard ao mesmo tempo, ainda que eu não tenha a menor ideia do que isso significa.

Ontem saquei dinheiro, fiz design de sobrancelhas, comprei onze pares de meias, comprei dois pares de palmilhas siliconadas, comprei um negócio que você enche de água, liga na tomada e a água ferve em segundos, almocei em um restaurante japonês, comprei uma escumadeira, comprei chocolate, comprei Tramal (ópio, meus amigos!). Tudo isso em quantos lugares? Apenas em um. Sem suar, sem sorrir. Culpada e maravilhada.

Vovó Reaça

Mora em minha casa, mais precisamente dentro de minha pessoa, uma Vovó Reaça. Podemos chamá-la também de Tiazola da Negatividade ou Senhora Vodu. Ela é exatamente como eu, mas mais corcunda, infeliz e sem lubrificação.

Um dia antes de começarem as Olimpíadas, ela correu pro meu Facebook e escreveu algo como "vai começar essa droga" (a versão dela tinha palavrões). Muitos amigos apoiaram "isso mesmo, nosso povo sofre tanto e...". Mas Vovó Reaça não estava exatamente preocupada com as mazelas do país. O que ela odeia mesmo é festa, é amontoado de gente mandando tchauzinho, é bar abarrotado de pessoas querendo amar frugalmente, é rua travada, é seu direito de ir e vir congestionado (como se ela saísse de casa!). O que pega é que a vida não para só porque a Tiazola da Negatividade tem tantas dores na cervical e frio nos pés.

Eventos com jovens muito felizes costumam ser seus desafetos por excelência. Mais do que o barulho e a sujeira que eles fazem, mais do que as besteiras que eles urram, protegidos pela armadura do pertencimento grupal, o que incomoda mesmo, vamos falar aqui a verdade, é tanto colágeno. As bochechas com o viço escarlate reluzente, os olhos explodindo de tanta esperança e luxúria, a vontade de continuar na rua mesmo depois de vinte horas sem comer ou dormir ou tomar um relaxante muscular.

Não é fácil dividir moradia com um ser humano tão sombrio. Outro dia, espiando uma briga pela varanda, eu preocupada se as pessoas iam se machucar, Vovó Reaça queria era mais derramamento de ofensas. Isso deve trazer à sua vidinha monótona aquela pontinha de perversão perdida em tanta terapia. Antes ela simplesmente transava com pessoas erradas. Agora, soterrada por quinze anos de Freud, a senhorinha vodu só goza ao admirar as desgraças animalescas de quem não vive sob o domínio do autocontrole. Ah, que vontade louca vovó tem de perder as estribeiras!

Mas no último domingo aconteceu um negócio bem bonito. Tiazola da Negatividade estava aqui, deitadona no sofá, comendo a sua maçãzinha, "única coisa que não me ataca o estômago", e começou a ginástica artística feminina. Aquelas meninas tão novinhas e tão bonitas. E tanto equilíbrio, pirueta, força e ginga. Vovó reclamou um pouco, ficou um tanto aflita em seu estilo idosa que vê desgraça em tudo: "Ai se essa criança quebra o pescoço, morre na hora!". Mas de repente ficou quieta, disfarçou umas lágrimas... e acabou chafurdada num choro infinito. Confessou que estava segurando esse rio lacrimal desenfreado desde a festa de abertura, que considerou primorosa (menos as roupas de flechinhas e as bicicletinhas floridas — concordo).

Desde então, nos emocionamos todos os dias. Ouro no judô, beijo lésbico no rúgbi, vôlei feminino, vôlei masculino, o menino de dezenove anos que fez gol. A gente não lembra muito o nome das pessoas, mas chora e torce sem parar. A coisa de ficar muito ansiosa com tantas competições no mesmo horário nem chegou a piorar nosso sopro na valva mitral: estamos protegidas pela felicidade. Temos um pouco de tesão nas bolotas-chupões no corpo do Phelps. É muito tesudo um cara que ganha dois ouros em tão pouco tempo. Quem diria! Tiazola da Negatividade falando tesão e tesudo em tão pouco tempo! Quando mostra o povo nas arquibancadas mandando tchauzinho, a gente devolve o tchauzinho. Ontem Senhora Vodu, depois de procurar passagem pro Rio (fiquei chocada!), defendeu o Brasil (fiquei boquiaberta!). "Brasileiro não torce errado, seu zé-mané gringo, é que brasileiro é beeem mais legal que você!"

A raiva gostosinha

Por motivos de maturidade, quinze anos de psicanálise, muita repressão necessária ao inconsciente e um comprimido no café da manhã, sou o que podemos chamar de ser humano (quase) controlado. Apenas em sonhos pulo na jugular dos amigos e, mesmo assim, não aperto muito.

Porém, toda a civilidade para sobreviver e socializar nesse mundinho terrível desaparece quando, à noite, esparramada em luxúria privativa, ligo o televisor ao lado de meu cônjuge. Nós zapeamos à procura de documentários sociais, filmes europeus premiados, entrevistas com filósofos respeitados... mas acabamos sempre em algum programa tosco, com pessoas forçosamente débeis, temáticas pífias e diálogos dementes. É a maravilhosa combinação explosiva que nos libera a deliciosa endorfina da raiva.

Ah, mas o Trump ficou ao lado dos racistas, balas perdidas matam bebês na barriga da mãe, terroristas seguem atropelando, Temer é o presidente mais rejeitado da história, Bolsonaro sobe nas pesquisas, mais um jovem homossexual foi espancado na rua e eu vou logo fazer uma coluna celebrando o ódio? Calma, não me refiro a ser um escroto nazista, um selvagem ignorante ou um líder golpista e sem votos. Falo da gana comezinha, da repulsa doméstica, da irritação gostosinha, tipo uma carninha presa entre dentes, aquele furor lícito quando mandamos um alto e longo palavrão para um playboy folgado ou um chefe abusado.

Vocês também assistem a coisas que odeiam? Queria entender esse dispensável fenômeno que me acomete. Por exemplo, eu abomino o reality show *Alto Leblon*, já viram? Contudo, justamente por ser um circo bizarro, e por me inundar de repugnância por essa específica casta da espécie humana, eu sou sugada pela tela. O jeito de falar, o que pensam, as roupas, os dilemas, as profissões, os gritinhos, o show de horror intelectual e emocional que os participantes apresentam como sendo "uma vida boa" me atrai como aquela espiadela doentia em um acidente de estrada. Com tanto livro pra ler, por que perdemos tempo observando o que nos embrulha o estômago e permite indignar o espírito? Odiar pode ser gostosinho?

Eu detesto o programa *Mude o Meu Look*, um *makeover* de moda grosseiramente machista. Imaginem que uma garota chega cheia de estilo e personalidade e sai uma patricinha imbecil, maquiada e desequilibrada pelo salto e pela mentalidade da mentora. Eu xingo, arremesso coisas na TV... mas não perco um.

Posso citar ainda várias desgraças como o reality *Largados e Pelados*, alguns seriados brasileiros vexatórios (lembra aquele ator global famoso virando um animaaal? Era tão ruim que eu fazia até pipoca pra ver!) e diversas calamidades, com pessoas reais ou ficcionais, que ensinam mulheres a arrumar príncipes.

Espreitar confortavelmente o quanto os desejos mais egocêntricos, as performances mais histéricas e as criações mais pretensiosas podem ser ridículos dispara em mim não apenas uma espécie de irritação divertida, mas também um acalanto: a certeza de que pertenço ao lado mais iluminado da força. Fora tantos benefícios, e já que, apesar de bichos somos bem-educados e alunos de ioga, tosquices formatadas podem funcionar como o melhor depósito de nosso apetite raivoso. Em suma, se você é um produtor de aberrações televisivas ou apenas um idiota sem nada a dizer com sede de fama, eu lhe agradeço demais pela disposição em receber, ainda que sem saber, tudo o que eu tenho de pior.

Dr. Machismo

O primeiro obstetra indicado parecia um ursinho carinhoso, de tão doce e baixinho. Eu já estava me deleitando em segurança e afetividade filial quando ele mandou, sem dó, no meio do meu ultrassom transvaginal: "Se for menina o cérebro demora mais para se formar, se é que um dia se forma". E riu, buscando na face de meu marido chocado alguma camaradagem, um aval "testosterônico" para a piadota estúpida. Nunca mais voltei ali.

Tentei a segunda indicação e já na sala de espera vi que o relacionamento não iria para a frente. O lugar parecia um lounge do shopping Cidade Jardim. Mulheres muito magras, maquiadas e montadas lançavam à atmosfera, sem nenhum pudor, angústias existenciais tão ocas quanto o ventre de uma Barbie: "Tadinha da minha Pietra, convive na escola com amiguinhos que têm jatinho particular e sofre por não ter um".

O médico era tratado como uma estrela intocável (de fato, me cobrou uma fortuna e nem sequer encostou em mim, suas assistentes é que fazem tudo). O corre-corre de enfermeiras e secretárias mais parecia os bastidores de um famoso show que entraria no ar assim que eu, ou qualquer gestante, topasse ser a escadinha insignificante para o grande protagonista da manhã. Depois de solar ininterruptamente, por uma hora, sobre como ele era incrível, me sobraram cinco minutos para que eu perguntasse se era normal andar meio esquecida. Ao que ele respondeu, terno, elegante: "Querida, mulher já é burra, imagina com a progesterona causando edema cerebral!". Nunca mais voltei ali.

Finalmente marquei com uma mulher. Talvez eu a abraçasse e chorasse apenas por ela ter uma vagina. Finalmente estava a salvo! Não. Me lembrei que mulheres também podem ser muito machistas quando ela começou a falar que o mais importante, durante a minha gestação, era não esquecer de ser atraente para o meu marido. Eu precisava me manter bonita, agradável e com apetite sexual. Eu tinha que me forçar a sair de casa, fazer ginástica e, caso não estivesse a fim do sexo em si, não custava "fazer um agradinho". Era isso ou "liberar um 'free pass' pro maridão sair". Sim, eu ouvi essa frase. Eu tinha uma lista com duzentas perguntas que nada tinham a ver com meu marido (tampouco com a alegria peniana dele), mas a consulta acabou virando dicas cretinas de revista funesta. Quem, com azia, prisão de ventre, enjoo, enxaqueca, sono e cansaço, quer transar? Bom, segundo essa médica, era preciso "se forçar um pouquinho". Ela coroou seu discurso dizendo que amamentação não era pra durar mais do que três meses e que "bebês são muito chatos, legal é quando a criança já consegue discutir política". Nunca mais voltei.

    Traumatizada pelos doutores tradicionais, quase caí no papo dos pequenos templos dos ditadores da fofura. Aquela gente que te olha como se você fosse um Hitler de pança só porque a situação "parir num riacho a três mil quilômetros de um bom hospital" não lhe parece a opção mais adequada. Não, eu não quero passar gengibre no mamilo, camomila na vulva e chia no ânus, eu quero tatuar "viva a descoberta da anestesia" na testa! Enfim liberta do espartilho ecológico "parindo como no século xv" travestido de cartilha bondosa da mãe natureza, ainda sigo em busca do que, em essência, deveria ser muito simples: um médico que não fale tanta merda.

Enamorada de Jamilton

O namorado angustiado foi uma febre no final dos anos 90, quem lembra? A cintura de nossas calças era baixa, mas nada comparada ao orgulho dos consortes que adorávamos exibir em festas: "Hoje disse que morre sem mim". O futuro veio e o namorado angustiado virou commodity. O homem que chora quando dá aquele medinho da vida é coisa linda de se ver. É a maior conquista dos nossos tempos. Aumentou muito, em número e intensidade de crises, nos últimos anos. E, sim, queríamos isso. Nossa luta o proclama. Nosso racional o abraça. Nossos ossos o aceitam. O jorro do homem real também acontece via canal lacrimal. A fraqueza do sapiens e a gourmetização da banana. Finalmente o homem humano.

Mas tem algo ali, lá pros lados dos fluidos carnais, um troço mais velho do que algum ditado de nossas bisavós, uma coisinha que talvez a psicanálise explique, mas nossas leituras feministas não tanto, que anda desacorçoado. Claro que não queremos o atrasado macho rude, mas talvez falte ao novo rapaz entender que nem sempre (quase nunca) achamos sexy ver suas costas tão abauladas pelo peso dos dias.

Algumas células de nossos modernos corpos "mulheres 2016" insistem em funcionar de forma antiquada. O homem angustiado, por mais senso comum que tenha se tornado, ainda assusta algumas esquinas empoeiradas do nosso corpo. E, pra combater esse mal, existem os maravilhosos grupos de WhatsApp (eu tenho quatro: Azamigas, Migacetalouca, Só Mulherada e Terça InXana): "Não levantou mais da cama desde que soube que tive um aumento" ou "Hoje tá mais caído que o sinal da NET em dia de chuva". E vamos levando, certas de que "ele é tão fofo" é um presentinho divino, é a pica menor em que temos que sentar numa chuva de picas. Até o dia que inventamos uma obra em casa. Daí é que entra Jamilton, o empreiteiro.

Jamilton parece um Zé Ramalho mais gordo e, às vezes, a depender do ângulo, um Pedro de Lara mais lépido. O fato é: tenho sonhado muito com ele. Homem acha que basta a trinca teatral "saber chegar sem usar o Waze, fazer de conta que ouve nossos problemas e sexo oral sem nojinho" para nos emocionar. Que basta misturar despojamento, blazer e Aperol Spritz. Jamilton QUEBRA PAREDES, meu querido. Ele está acima da listinha do burguês sexual.

A dúvida existencial era "você acha que eu deixo a sala maior ou mantenho o terceiro quarto?". Meu arquiteto ficou agoniado, meu namorado em dúvida, meu amigo tenso. Jamilton nem me esperou terminar a frase e já saiu marretando o concreto: "Tá resolvido!". Eu espirro e ele vem, impecavelmente moreno apesar da poeira branca, com um pedaço de papel higiênico: "Tá resolvido". Eu tropeço em entulhos e ele aperta meu braço (como se eu fosse uma empadinha fresca, implorando por uma fome tão ambiciosa a ponto de dar conta de tamanho esfarelamento): "Tá resolvido!".

O mais charmoso de Jamilton é sua dupla personalidade. Comigo, um super-herói do cangaço. Com os pedreiros, um coronel mordaz. Ontem veio me dar a notícia: trinta mil reais só a varanda... mas pra senhora eu faço "a perder de vista". Pagarei em duzentas vezes só para ter, sempre ao alcance dos olhos, alguém que resolva problemas com a crueza assanhada de um assassino de alvenarias. Gravarei sua voz dizendo "tá resolvido" e colocarei ao lado da cama, até adormecer. Às vezes, perdão, eu sinto saudade desse homem que desinventei.

O muso

Para ser muso, a primeira grande coisa a se saber é: vá embora antes. Antes do amanhecer, de responder, de ser visto andando pelado pela sala. O muso tem nudez focada, jamais se desperdiça. O muso se entrega como um presente caro e se embrulha tão rápido (e retorna tão intacto à loja de musos) que você nunca sabe se amou ou se assistiu a um comercial.

É possível ter marido, filhos e usar termos estranhíssimos como "render a babá". É possível ter requeijão sem lactose, meia antiderrapante e usar frases como "vamo que vamo". É possível bater no liquidificador as frutas que estão pra estragar e ter pomada Hirudoid pra não viver com as pernas roxas de tanto batê-las pelos cantos (ainda que conhecidos) da casa. Em suma, é possível exibir toda uma vida igualzinha àquela que você olha e pensa "que chatice, ainda bem que eu não" e guardar escondido, em uma gavetinha, entre as meias-calças quase nunca usadas e alguns tops de ginástica que ficaram pequenos, o muso.

De repente, tipo quatro e quinze da tarde de um domingo em que se pretendia mais, mas deu preguiça, abrimos a gaveta. Assim, na cara dura. Seus filhos na sala, seu marido no banheiro, sua diarista colocando as bolachas em um desses potes que não as deixam murchar. E você, misto de culpa com "faço pra sobreviver ao extermínio que é ser só mais uma", abre a gaveta na qual reside o muso. E pendura o muso no pescoço. E chora com a música porque queria mesmo era o muso. E se ensaboa de olhos fechados, pensando nas mãos do muso que, apesar de grandes, perpassariam por dobrinhas com delicadeza. E lembra daquela frase que ele disse, como se fosse um velho sábio hindu. Como se fosse um jovem professor de história, gato, na primavera, em uma faculdade de Paris. Como se fosse uma espécie de pai que lhe preenche de tudo que é maravilhoso e ainda pode te preencher do resto todo sem ser pecado. E, ainda assim, é pecado. E a frase do muso foi: "eita". Mas ele disse "eita" de um jeito que mudou seu mundo.

Você quer usar as camisetas "dane-se tudo o que eu construí pra ser feliz, eu queria mesmo era estar agora no chão do muso, sentindo na nuca a poeira da sua semana". Mas nada disso cabe em uma camiseta. E está frio, você está de casaco. Então não rola. E, mesmo que rolasse, fica a impressão de que ninguém leria. Estão todos ocupados, ocupando seus lugares de seres humanos inseridos numa casa funcional. O muso está no ventinho que agora entra pela varanda: a gente sempre acha que é uma coisa só nossa, um afago exclusivo do céu.

Para ser muso, a segunda grande coisa a se saber é: você é absurdamente urgente e desesperadamente desejado. Na multidão, você é banhado em ouro, luz e trilha musical do Beirut. O resto é jornal de ontem, mijado por um cachorro castrado. A terceira grande coisa a saber é: antes de você, centenas. Depois de você, milhares. O muso precisa continuar confiante, inabalável e cheio de dentes à mostra, mesmo que doa equilibrar tamanha devoção com escandaloso descarte.

A quarta grande coisa a saber para ser muso: ansiamos pela

frase "vamos" como se fosse um machado divino que estraçalharia todas as duzentas e doze correntes de ferro que chamamos de "lei da gravidade" só pra dar cara de rarefeito a essa lama toda. Mas essa expectativa gigante ainda é menor do que nosso apelo, nossa súplica: nunca nos dê sequer uma gota do que pedimos! E, por fim, a quinta grande coisa a saber: nunca coce a bunda.

Uma mulher boazinha

Meu amigo André me confessou esses dias que está em busca de uma mulher boazinha. Achei que era piada. Não porque elas não existam. Não porque ele não tenha o direito de procurá-las. Apenas porque, francamente, que frase é essa? Quem pensa isso? Quem diz isso em voz alta?
Mas eu estava ilhada em meu estado escandalizado. As outras quatro pessoas da mesa, homens e mulheres, apenas concordavam com queixos passivos: "Sim, te entendemos completamente".
"Nossa, óbvio, é isso: uma mulher boazinha!"
André experimentou drogas, surubas, montanhas, mergulhos, Stilnox, poliamor. Namorou professora de pilates, dentista, historiadora, jornalista, flerte doido de internet, rica desocupada, casada entediada, assistente de maquiagem. Foi traído, foi o outro, *sugar daddy*, sádico, masoquista, budista, bissexual. Ele está cansado e, por isso, agora almeja o que acredita ser o desejo mais profundo de todo homem bem vivido. "Deus me livre", ele diz com a violência de quem extrapolou em mil gotas a última gota d'água. André agora quer uma mulher boazinha.

E o que faz da vida a mulher boazinha? "Ué, ela é uma pessoa doce, descomplicada e boa." "Tá, mas qual a profissão dela?" André balança a cabeça, minha ignorância sobre o funcionamento humano o entedia. Ele acha que essa preocupação, essa coisa de a gente perguntar o tempo todo o que as pessoas "fazem", é muito São Paulo. A mulher boazinha não pensa assim. A mulher boazinha ou não faz nada ou não faz nada de mais ou faz qualquer coisa e nenhuma importa esse tanto que a gente em São Paulo acha que importa. "A mulher boazinha nem é daqui", André sonha.

Espera, André, deixa eu te explicar. A caipira, a brejeira, a interiorana de Minas, a flor do Nordeste, todos esses místicos e folclóricos seres alados nascidos exclusivamente para perdoar e acalmar seus homens... você sabe que não existem, né? Na vida real elas têm cérebro, objetivos, pagam contas, fazem cocô, se irritam. "Apenas boazinha", ele insiste. Boazinha seria o predicado por excelência. Uma definição tão forte que, quaisquer que sejam as outras característica da moça (se ela for de fato boazinha), jamais importará.

Eu não consigo parar. Estou obcecada. Quero dissecar cada centímetro da bondade da mulher boazinha e torná-la palpável. Quero exportar a mulher boazinha do centro da bolota burra do cérebro do André e colocá-la ali, tão nua e real como uma mulher não boazinha, no meio da mesa de jantar. Vamos cortá-la, degustá-la, arrancá-la dos dentes após o fio dental. Quero cuspir no ralo a fantasia ofensiva de André. Ele dá um pequeno murro na mesa: "Chega desse assunto! Você não entende!".

Tudo bem, André. Não falemos de profissão, de motivos para existir, de interesses intelectuais. Falemos então, sei lá, da voz. Do jeito como anda. Do comportamento diante das vicissitudes. Se a mulher boazinha chegar um dia em casa e te pegar pelado, com a melhor amiga dela no colo, duas passagens pra Paris na tela do computador, a sua mala feita, a casa toda encaixotada... e tiver sobrado apenas uma panela no fogão. Ela dá com essa panela na sua cabeça ou faz uma sopa de legumes com paio pra vocês três?

André olha através da minha risada. Não desperdiça mais a vida em explicações, ironias, provocações. Encara o horizonte, positivo, tranquilo, sabedor de que a mulher certa, a boazinha, está para chegar. Como um presente, um prêmio, um pódio. André, quarenta e um anos. Fez de tudo. Está cansado. Agora só quer ter uma mulher boazinha.

Para meu filho

Por você, meu filho, mudei totalmente a minha vida. Há exatos oito meses tenho uma dor horrível no primeiro molar inferior esquerdo, mas achei melhor não fazer raio X. Vai que te faz mal. Amo ansiolítico mais do que minha própria existência, mas nunca mais encostei em um. Por você, que nem existe, que ainda é só uma promessa de um amontoadinho de células todo dia 20 de cada mês, deixei de lado uma das coisas mais maravilhosas que pode acontecer na vida de uma mulher: ser solteira.

Por você, pequeno Felipe ou pequena Joana. Pequena Marieta ou Rita ou Anita. Meu pequeno João ou Nuno. Pequena Olímpia? Por você, minha gaveta de joias virou depósito de exames de gravidez. Minha espontânea vida sexual virou dia e hora certos (certos pra você, nunca pra mim). Por você fui capaz do maior milagre de todos: sou uma taurina histérica, carente e com pouca autoestima que aprendeu a guardar dinheiro. Sim, uso blusas com um pequeno furo remendado no sovaco e calças com a bunda puída. Você insiste em adiar nosso amor, e eu já garanti parte do seu futuro.

Por você tive que falar em espermograma com um homem que estava havia mais de vinte anos sem chegar perto de um laboratório. Por você enfiei um troço fosforescente no meu útero (ou era ovário?). Por você fiz um exame estranho que mede a idade do meu ovário (ou era útero?). Por você tomo Endofolin como se fosse 7Belo.

Já orcei a transformação do meu escritório em seu quarto. Já aumentei pra três vezes por semana as sessões de terapia (para garantir que eu não surte e precise de ansiolíticos quando você aparecer dentro de mim). Por você eu parei de contar parceiros e desencantos e passei a contar óvulos e metros quadrados.

Parei de levar choques no fisioterapeuta, parei de aplicar laser nas manchas de sol, botox, preenchimento, parei de fazer luzes, corrente russa, clareamento nos dentes e progressivas. Parei com intrigas, divórcios e DSTs. Você ainda nem existe, mas eu sempre penso "e se ele já existe há dois segundos?". Ainda não.

Todo dia 20 você me pede mais um tempo. E eu sigo babando nos 784 filhos de amigos. O Instagram inteiro tem filhos. O Facebook inteiro tem filhos. Os vizinhos, as pessoas nas ruas, nas lojas, nas filas duplas. O mundo inteiro está grávido, meu filho, menos mamãe.

Por você eu perdi o medo de avião (não quero te passar nenhum trauma), estou estudando psicanálise (não quero te passar nenhum trauma) e joguei fora minha coleção de pênis de pelúcia (não quero te passar nenhum trauma). Eu levo a minha cachorra para brincar no parquinho do prédio e coloco ela sentadinha no gira-gira. Sim, ela já aprendeu a descer sozinha no escorregador. Eu sei, dá medo me conhecer, mas vai valer a pena.

Por você, meu filho, parei de ver graça em toda sorte de piores espécimes masculinos do universo. Casados, misóginos, mitômanos, mendigos, publicitários. E passei a amar alguém que fica para dormir por uma noite e também por meia década.

Até os trinta e sete anos eu tive dezessete anos. Por você, pela primeira vez na vida, ao fazer trinta e oito, eu fiz trinta e oito. Você esqueceu de aparecer no dia do meu aniversário, não tem problema. Faltará também nesse Dia das Mães, te perdoo. Mas Natal é Natal.

A escolha de Sofix

Conversei recentemente com minha obstetra sobre a hora do parto. Não quero que seja meu corpo a decidir que nenêx está pronto, e sim que seja nenêx a decidir que é chegada a hora de liberar minhas costelas de tamanha dor. Ela me garantiu que essa é uma decisão muito mais de nenêx do que minha. Que alívio! A natureza, em sua sabedoria esplêndida, já era *hipster millennial* quando inventou o parto.

Assim que bebêx nascesse, adoraria perguntar se bebêx aceita a roupa amarela, que intitulei de unissex, mas isso é uma imposição minha, não tem como saber o que bebêx acha do amarelo (muito menos se vai gostar de saber que usei o termo unissex pra me referir a algo que vai em seu corpo). Bebêx ainda não falará por um bom tempo e isso me deixa louca. Contratei então uma taróloga famosa da Vila Madalena para perguntar a bebêx se tudo bem as cores amarelo, branco, verde-água e cinza. Ela, que além das cartas também faz uso de ultrassom holístico, disse que bebêx estava chupando o dedão, ou seja: fazendo um joinha interno. Ou seja: "tá liberado".

Difícil registrar criança sem saber se criança quer ter a existência documentada. Por isso deixarei em aberto seu nascimento até que criança me diga: eu. Ou melhor: estou. Enquanto criança não aceitar que vive neste planeta, não forçarei a barra.

Exame do pezinho: pularei. Quando puder caminhar assertivamente, o próprio pezinho decidirá se deseja ser examinado. Banho, vulgo invasão de um corpo por estranhos: só darei se recém-nascidx for ao encontro da água.

Acho barra-pesada a água ir ao encontro de recém-nascidx (e acho surreal pensar no Mussum agora, em meio a um assunto tão sério), oprimindo uma pequena alma com imposições mundanas de higiene.

Infelizmente, *mommy* natureza também pode ser bem mandona. Então, porque sou branquela e meu marido é mais para moreno, há grandes chances de nosso rebentx nascer ou branquelx ou morenx ou uma misturx de ambox. Não resta a rebentx nenhuma chance de vir japonêx, negrx ou parecido com a Björk.

Fico na dúvida sobre trazer filhx para casa. Filhx já sabe se quer morar comigo? Aceita a limitação de um quarto, uma família composta de dois gêneros, uma cidade? Quer ser brasileiro? Quer ouvir o ensaio de Carnaval da PUC? A gente sabe como é difícil decidir "morar com alguém" mesmo com mais de trinta anos, às vezes mais de quarenta... e queremos o quê? Que ser humanx de poucos dias já decida isso? Nossos pais nos trouxeram para casa (pelo menos boa parte deles), e agora onde estamos? Na terapia, na farmácia, na meditação ou, pior ainda, na Casa do Saber. A gente sabe que não foi fácil.

Milhões de pediatras do mundo todo falam dos benefícios do leite materno. Mas vamos supor que pequenx humanx, tendo à sua direita um seio entumecido e à sua esquerda uma cachaça, sinta-se atraídx pela segunda opção. O que você, *hipster millennial*, faria? Quem sabe mais sobre desejos: a medicina ou o inconsciente de pequenx humanx?

Arrotar: já reparou que não é uma decisão natural de bebêx e que precisamos bater nas costas de bebêx? A mãe não acha que é violência, mas bebêx ainda não tem o lugar da fala pra opinar. Pare para pensar sobre isso. Quando seu chefe, depois de uma reunião, ou o tio do pavê, depois da ceia de Natal, lhe dá o famoso tapinha nas costas... você se sente mal ou não? E você é um adulto!

Muito complicado dar à luz pequerruchx descendente, que ainda não decidiu se quer descender de mim e pode muito bem preferir ficar no escurinho.

Nunca amei ninguém

Não sei quem deu meu telefone para Clécio, mas ele, ignorando por completo a versão mais atribulada e desinteressada da minha voz, noticiou meu prêmio com o timbre alegre lobotomizado dos vendedores que confundem boçalidade com ambição: "A senhora foi sorteada e ganhou setenta por cento de desconto na dedetização!".
Expliquei que tinha cachorro, rinite, trabalho, mas Clécio insistiu, dizendo que usaria um gel natural e seria tudo muito rápido. Falei que receberia visitas nos próximos dias, link que Clécio rapidamente usou para falar das "indesejadas" como baratas, ratos, cupins e até mesmo escorpiões. Eu estava prestes a implorar pra desligar o telefone quando fui nocauteada por um golpe baixo: "Isso pra não falar das doenças causadas por bactérias e vírus". Combinamos uma visita "sem compromisso" (a frase que eu mais odeio no mundo, seja para exterminar pragas, escrever um filme ou jantar numa quarta-feira) para a manhã seguinte.
Desmarquei uma reunião e fiquei aguardando Clécio, que estava agendado para as nove, reagendou para as onze e mandou

uma mensagem às três da tarde: "Problemas pessoal". Não gostei de ler aquilo. Então a pessoa te liga, insiste, dá desconto, deixa claro que você é especial, te coloca medo falando de vírus… e não vem? E o que ele quis dizer com "problemas pessoal"? Outra mulher? Mais nova do que eu, mais magra do que eu, com menos dores sacrolombares do que eu.

No dia seguinte, nada, e no outro dia seguinte, nada. Chegou sexta, e nada. Apenas porque a natureza é ao mesmo tempo gloriosa e terrível, naquela específica semana em que Clécio desapareceu, as formigas aumentaram consideravelmente e um filhotinho de barata apareceu no armário dos sapatos. Eu estava ilhada num mundo impuro com meus amigos rastejantes, e a rejeição era o nosso principal alimento.

Recém-completados sete dias do descarado sumiço de Clécio, comecei a bombardear seu celular com mensagens que 1) davam o recado; 2) me colocavam em posição superior pra não dar o braço a torcer; 3) traziam alguma leveza para não assustá-lo. Tais quais: "Estou ocupada, mas tenho horário na quinta, o.k.?"; "Falei com outra empresa e eles combinaram de vir hoje" e "Sumiu mesmo, hein, insetobusters?". Clécio não só ignorou todas como, de repente, eu não conseguia mais ver se ele estava on-line. Era a guerra declarada.

Liguei para a dedetizadora e mandei chamar o chefe de Clécio. Eu ia acabar com a vida desse sacana iletrado. Eu tremia de nervoso. Qual era o problema desse cara? Tudo bem que não terminei o mestrado, sem legenda eu perco 40% das piadas e nem três vezes por semana de pilates estão segurando a realidade, mas eu não merecia isso! Me liga, me convence, me dá desconto, me faz sentir especial, fala em bactérias e some?

Clécio estava de férias, mas Edelvânio poderia vir no dia seguinte. Jamais! A obsessão morre, mas não se vulgariza! Quando Clécio volta? Não sabiam informar. Era mentira! Se eu tivesse o sobrenome dele, era jogar no Facebook e descobrir tudinho. Clécio tinha acabado de fazer check-in no mictório da firma. Ele estava lá todos esses insuportáveis dias de silêncio, oferecendo descontos, falando de pestes, prometendo visitas sem compromisso, fazendo outras se sentirem especiais. A dor foi tanta que apenas bati o telefone. Da estante vi a barata, ainda infantilizada, mas um pouco mais graúda, me observar.

Aleluia?

Peço perdão ao leitor que lê esta coluna fazendo seu desjejum, mas falarei de cocô. Ou melhor: da falta dele. Sim, é Natal, mas prometo que, se você chegar até o final deste texto, a mensagem é de amor. E, neste caso, do excesso dele.

Não acontecia desde 1988, mas tive uma forte constipação intestinal. Cinco dias sem ir ao banheiro. Até o terceiro, eu estava ignorando a pancinha maciça tornando tão óbvio e palpável meu mau funcionamento. Mas, a partir do quarto, uma rivalidade desumana me tomou. Eu sentia inveja profunda da minha cachorra a cada interrupção dela pelas ruas de Perdizes para reduzir-se. Por que, por Deus, era dado esse supremo poder em abundância a uma criatura que rosna para criancinhas, e a mim, que fui tão boazinha este ano, ele era negado?

Na manhã do quinto dia, por pouco não pude mais guardar minha secura em segredo. Fui pega na cozinha, batendo no liquidificador um suco de mamão com ameixa com farelo de aveia com ameixa com óleo de gergelim com Activia de ameixa. Pedro quis saber o que levava uma garota amada pelos seus a se trans-

formar numa mulher-bomba, e eu apenas sorri, como manda a cartilha do "manter mistérios no casamento para uma vida sexual contínua e saudável" e respondi, muito feminina: "Probleminhas".
 Mas, naquela mesma tarde, resolvi abrir o jogo. Eu já andava pela casa percutindo o intestino qual um interno de hospício que, sem se dar conta que lhe foi tirado o tambor há anos, segue achando que é Carnaval. "Não tô legal, cara." E ele segurou primeiro o riso, depois meu corpo cansado pela luta travada em vão com as entranhas.
 Fomos juntos à farmácia comprar o que Pedro chamou de arsenal. Sei que as metáforas explosivas de meu cônjuge soam indecorosas em um ano tão obscuro para o mundo, mas vamos, mesmo em um ano também tão temerário para quem escreve humor, entender a beleza desse momento.
 Um homem tão bem-apessoado, que podia, dada a sua juventude e largura entre escápulas, apenas abraçar toda a plenitude de um verão com moças menos complicadas, escolheu, pelo terceiro ano consecutivo, manter o foco em uma única mulher já conhecida como "cada hora é uma coisa" e acalmá-la, comprando toda sorte de fitoterápicos estimulantes e glicerinas desonrosas. Nos divertimos e rimos tanto na farmácia que parecíamos crianças excitadas com aquele brinquedo em que martelamos a cabeça de uma minhoca que insiste em se esconder. Já combinei com minha flora intestinal, em nome de uma relação pautada também pela leveza, uma prisão de ventre por bimestre.
 Mais tarde, em casa, preparei o banheiro com as duas últimas edições da revista *Piauí*, celular bem carregado e chá de hortelã. Dei entrada às oito da noite e só retornei à rotina comum cerca de duas horas depois. Durante esse período, recebi emojis de coração, fogos, aplausos, champanhe, cocô sorrindo e mãozinhas rezando (ou é "give me five"?) no celular. Era o Pedro torcendo por mim. Foi seu modo de dizer "estamos juntos" e "vai dar tudo

certo". Quando, por fim, ele perguntou "aleluia?", eu já não sabia mais se falávamos de dejetos ou felicidade. Existe amor na vida real, e ele é ainda mais bonito.

Homem-objeto

Assisti esta semana ao excelente filme *The Square*, e um diálogo em particular me fez ter vontade de voltar ao temido (tão polêmico quanto delicado) tema dos jogos de poder na hora do sexo. Uma jovem jornalista americana, aparentemente bem resolvida com os anseios de sua libido, por certo versada nos preceitos feministas e interpretada pela sempre brilhante Elisabeth Moss, acusa o protagonista, um celebrado curador de museu em Estocolmo, de usar seu prestígio e fama para conquistar (transar com muitas) mulheres. Ele então responde: "E não foi justamente o meu poder que te seduziu?".

Ela, que sensualiza livremente com o que a interessa, que parece segura de seu fetiche, que parece entender que "nossa, que homem foda, preciso dar pra ele agora" é também objetificar o outro — e 1) qual o problema?, 2) por que se ver como uma tadinha objetificada ao se entregar para o próprio desejo? —, dias depois surge angustiada, tentando entender os motivos de uma não relação interrompida. Se sentindo, de certa forma, abusada. Usada por aquele homem que sabia ter um enorme e irresistível falo quando na presença de uma "fã". Só lembrando que temos todo o direito de esperar ser amado quando oferecemos nosso corpo para palmadinhas deleitosas e previamente acordadas, só não podemos exigir esse amor acusando o outro de sadismo unilateral.

O filme não se concentra nessa ou em qualquer outra trama (apesar de elas serem muitas e geniais, e parecerem não estar interligadas, mas estarem superinterligadas — que enredo!), e sim na rotina de um homem autocentrado. O roteiro ora quer satirizar e ridicularizar esse tipo que "prefere guardar a camisinha cheia de esperma por temer que alguma mulher use de forma indevida seu jorro de ouro", ora o coloca como um cara qualquer, meio ingênuo, meio fruto do meio superficial em que vive, que poderia chamar de arte qualquer maluquice que está num museu, mas não sabe que nome dar à pobreza (tão pequena se pensarmos em Brasil) que insiste em delimitar seu reinado de belezas. E acabamos gostando mais dele do que de todos que o circundam e perturbam!

Eis o segredo de qualquer boa história, seja cinema, seja literatura, seja textão de rede social: a tridimensionalidade. A capacidade de discutir de forma mais sincera e humana e menos "cartilha de sociologia" o que sentimos (e não o que gostaríamos de pensar pra pertencermos a um grupo que parece pensar da forma que achamos que é certa ou pega bem). Lena Dunham também fez isso brilhantemente durante a última temporada de *Girls*.

Sim, o poder é afrodisíaco pra cacete. Colecionei paixões por muitos chefes, principalmente por aqueles com histórias de "começou motoboy, acabou presidente". Era só saber que o rapaz vinha "do nada" e "tinha chegado lá" para salivar em luxúria. Não me refiro a cifras homéricas, mas a ser "foda" e ter algo a ensinar. Ah, importante dizer: se eram mulheres nessa posição, também me atraíam.

O interessante é que nunca olhei para essas pessoas pensando em como eu seria feliz em estar ao lado delas, talvez enfeitando sua sala com decoração étnica. Eu queria era me tornar uma delas. Eu estava, na verdade, era com tesão em mim e no que eu poderia ser. Ao objetificar o homem poderoso, eu me objetificava como alguém que engole esse homem para um dia se tornar ele. Pode ser sim um tipo de abuso, mas o sexo sem as sujeiras do nosso inconsciente é também um tipo de violência.

Lava Jato versão tadinha

Inspirada pela onda de forçosa sinceridade acusatória que assola o país, decidi espontaneamente me autodelatar de forma não premiada. Faço qualquer coisa para estar na moda. Meu nome é Tatiane e, em meu minimundo, já roubei, desviei, enganei, traí e manipulei. Todos os dias, quando xingo políticos variados em minhas redes sociais, me pergunto: quando vou assumir meus erros? Até quando vou bancar minha hipocrisia? Pois é chegado o momento.

Ainda na adolescência, carreguei por um bom tempo, em minha carteira pink da Company, o que mais tarde aprendi se chamar falsidade ideológica. Eu tinha uma cópia adulterada do meu RG que me envelhecia em cinco anos. Eu ainda não bebia nem frequentava motéis (e até hoje sigo não bebendo nem frequentando motéis), mas "vai que" eu decidisse fazer uma dessas coisas? Queria estar preparada.

Meu primeiro emprego foi em um posto de gasolina. Eu era estagiária do marketing de um pequeno e desconhecido posto em Guarulhos. Ganhava muito mal e já tinha minha tara por bloquinhos. Eu roubava muitos bloquinhos de anotações. Na minha casa tinha uns sete deles. Na minha mochila da faculdade tinha mais uns dois. Eu achava que com isso me aproximava um pouco do que seria um salário mais justo. Roubava também pacotinhos de sulfite A4. Acho que cheguei a furtar papel-toalha. Eu tinha um lance forte com a celulose.

Meu segundo emprego foi na W/Brasil. Eu era estagiária de criação e não ganhava nada. Cuidava de um armário cheio de uísques caros e tinha como missão, a partir de uma lista semanal com o nome dos clientes aniversariantes mais importantes da agência, presenteá-los. Sim, certa feita meti uma bebida na bolsa e saí andando. Eu não bebo, mas ao longo daquele período tive parceiros sexuais que usufruíram alegremente do meu delito. Bons tempos em que eu lidava com uma quantidade bastante agressiva de humanos desejosos. Hoje em dia os homens só se aproximam pra pedir divulgação no Twitter ou o celular do Porchat.

Ainda na W/Brasil, confesso também que me apropriei de muitos brindes para a mídia e auxiliei mais de setenta e cinco melhores amigos a imprimir gratuitamente seus trabalhos de conclusão de curso. Perdão demais, Washington! Teve também um CD do Gilberto Gil que você ganhou... que na verdade eram dois. Um deles tá aqui olhando pra mim.

Lá pelos vinte e poucos, Antonio Prata, que já era tão correto e de esquerda, me comunicou que não poderíamos mais seguir com a recente amizade por alguns motivos. Primeiro: eu era vizinha de porta da minha mãe e lhe roubava o sinal da internet. Segundo: eu nunca pegava filas enormes em exposições pois alegava que era da imprensa. Terceiro: eu namorava um cara que tinha carteirinha de estudante vencida. Quarto: esse cara era casado. Quinto: eu namorava um outro cara, que não sabia daquele primeiro. Sexto: eu era vizinha de porta da minha mãe e lhe roubava o sinal da NET. Sétimo: eu nunca exatamente amei ler Borges.

Recentemente precisei de tarja preta e falsifiquei a data de uma antiga receita azul. Às vezes, quando é meu rodízio, uma plantinha enrosca sem querer na placa. Botei na conta do seguro de uma mulher arrogante e chata alguns amassadinhos do meu carro que não tinham sido causados por sua colisão desatenta. Menti que era frango Korin no último jantar. Tem uns dez amigos gays, de quem meu marido não sente ciúmes, que na verdade não são gays. Eu não estou grávida, apenas tenho pavor de não sentar nas primeiras poltronas no avião. Não, é bem menos que duas vezes por semana.

Contra o machismo, a favor dos machos

Eu jamais serei a "esposinha", de codinome "mulher de fulano". Espinha dorsal de tábua de passar roupa, mãos sobrepostas com delicadeza nos joelhos, dentes à espera de bajular com largura qualquer besteira que seu homem diga. A facilitadora de um moço bem-sucedido: não complica, não engorda, não compete (principalmente!) e não esquece de colocar a camisa polo preta na mala. Vez ou outra é espertinha (afinal, é 2015 e pega mal nas festas ostentar um trofeuzinho sem uma mísera centelha): a cada doze dias ela replica uma piadota espirituosa, uma vez por bimestre se arrisca num duplo sentido, parece que foi vista sendo cínica no penúltimo Finados.

Mas não vou negar: por um bom e saliente osso firme de bacia quadrada, periga eu ajoelhar para catar meias do chão. Curto quando reclamo "da roupa de corrida guardada de volta na gaveta" e ele responde, quase num urro ogro, "é cheiro de macho, pô!". Fica lá o shortinho suado, lançado sobre meus vestidos, manchando de testosterona o ar ensimesmado do closet. Acho ótimo.

Eu só sei fazer quatro pratos: frango grelhado, omelete, frango desfiado e ovos mexidos. Minhas unhas estão péssimas, porque até o final de fevereiro entrego dois seriados, dois longas-metragens e um livro. Quem tem tempo de ostentar sobrancelhas depiladas, calcanhares macios e cabelos hidratados com um cérebro-martelo vinte e quatro horas e uma pastinha rosa transparente cheia de contas pra pagar? No entanto, vou te mandar um sincerão: continue bravo. Adoro homem sério. Continue me tratando um pouco seco no café da manhã: "eu acordo assim". Leia o jornal na minha frente, não tem problema. Eu que pago a assinatura do jornal, eu que comprei essa poltrona de couro caríssima em que você está refestelado como um rei, eu que escrevo para o jornal. Mas, por obséquio, mantenha-se nessa postura de comandante absoluto do lar, lendo as notícias na minha frente e as descartando no chão, como se a uma mulher não importasse nada disso. É apenas um jogo, e mais tarde usaremos isso a nosso favor.

Se bem que hoje não. Estou com a lombar abusada, estou com os axônios esfolados, escrevi para uns dez personagens e me explorei tanto para eles que sobrou pouco para você. Perdão, mas prefiro isso a ser uma doce garota de glúteos enrijecidos por corredores de lojas. Prefiro isso a ser uma moçoila "putz, nunca soube direito o que fazer da vida", sempre disposta a ceder sua existência, uma vez que esperar pelo marido é o melhor que elas fazem de seu dia.

Prefiro essa pancinha desgraçada (talvez fruto de uma postura entregue ao computador, talvez resultado de uma queda de colágeno associada a uma compulsão desenfreada por doces a cada vez que a vida entedia demais) à obrigação de malhar diariamente para ter um corpo que agrade a um cônjuge-empregador. Para algumas comunidades do século antepassado, vulgo gente comum que mora a poucas quadras de mim, usar o salto certo, a altura da saia certa, a microtatuagem sensual certa na nuca, é visto como um dom, um talento. Talento não deveria ser associado a uma vida própria e profissional? Anterior a ser uma fêmea, tô nessas de "viva pra produzir algo que importe" (pra falar a verdade: que provoque). Às vezes, para sapiens mais inseguros, isso é visto como "que tipo de gênero você assinala nos formulários?". De qualquer forma, seja qual for o sexo, hoje não tem. Estou sem saco. Contudo, admiro seu andar pesado "de homem precisando se descarregar", sua coceira seca na garganta: "algo de minha química diz que eu deveria ter voz altiva em vez de angústia". E você me puxa e ordena. É na brincadeira, eu sei, mas lhe imploro: sigamos assim. Sou contra o machismo e absolutamente a favor do macho. Eu ordeno que você mande em mim.

Carta aberta ao rapaz da padaria

Ontem vi um rapaz que muito me agradou na padaria próxima à minha residência e pensei: óbvio que ele vai cruzar olhares sedutores comigo. Sou gata, sou poderosa, sou loira falsa. Pensei também: óbvio que ele vai adorar ter seus mamilinhos másculos e sua bundinha musculosa encarados pelo meu deleite. Quem, em sã consciência, não ficaria lisonjeado com o meu desejo? Ou ainda: que jovem heteronormativo não imploraria, enquanto escolhe um iogurte com DanRegularis, para ser patolado por uma desconhecida?

O moço preferiu escolher pães doces a notar minha existência, e eu, não podendo conter a fúria de ser ignorada, tampouco controlar o furor uterino que brotava violento em meu palato, bradei, para quem quisesse ouvir: "VEADO!". Foi legal ter dito isso? Não. Me arrependo? Muito. Eu errei. Mas estava imersa em meu personagem de colunista fêmea branca opressora, espero que entendam. Não era eu, era o meu eu lírico.

A culpa não é minha, e sim da minha geração. Minha avó,

que Deus a tenha, me ensinou desde muito cedo: podendo esmagar sacos escrotais pela vizinhança ou ainda dar dedadas anais pelo bairro, não se reprima! Os homens adoram. Eles só saem de casa usando camisas com alguns botões semiabertos e um tantinho da cueca aparecendo porque QUEREM justamente que alguém lhes torça o pênis, eles não só desejam desesperadamente que uma estranha lhes atoche uma unha vermelha e comprida, como MERECEM que isso aconteça.

Minha mãe, vendo-me tantas vezes sugar minha própria saliva em desmedido prazer, com a cabeça pendurada para fora do meu carrão, buzinando para (e bolinando em pensamento) os universitários no ponto de ônibus, apenas sorria e balançava a cabeça: essa é fêmea! Ela nunca me ensinou que isso não se faz. Ela, sempre pude notar com muita clareza, sentia profundo orgulho: "Minha filha não é como essas sapatoninhas que andam por aí, essa é mulher de verdade!".

Ah, querido rapaz da padaria! Não foi apenas a minha mão direita que agarrou seu pênis e o espremeu até que você clamasse por socorro. Foi também a mão esquerda. Esmagar seu membro não foi invenção exclusiva de minha mente doentia. Foi a década em que nasci. Os avós que tive. Os pais que a vida me deu. As professoras de balé, professoras do primário. Tanta gente que você nem imagina. Eu te peço perdão, mas, se não bastar, reclame com quatro décadas e minhas tias.

No meu tempo era diferente. Eu fui criada pra achar que qualquer homem amaria ser grosseiramente acariciado em plena panificadora. Sou fruto de dezenas de gerações de mulheres que passaram adiante o que acabou se tornando um dos meus mantras: "Quando, no mercadinho, um homem abaixar pra pegar um engradado de cervejas, aproveite para conferir como ele fica de quatro e, se puder, sorva a língua com luxúria". O que está acontecendo com o mundo que ninguém mais ri disso?

Estimado rapaz da padaria, um dia terei filhos. É esse mundo que eu quero pra eles? Não! Entendi, finalmente, que são tempos novos e melhores. Obrigada por tudo e desculpe qualquer coisa.

Uma puladinha de cerca em vinte anos?

Carol, amiga antiga, me pediu que saísse da reunião e fosse rápido para sua casa: "Não paro de pensar besteira". Como assim, Carol? É só o que eu fiz minha vida inteira e nunca tirei ninguém do trabalho por conta disso. "Vem logo, o Paulo me traiu e eu não tô bem."
Depois de dezenove anos de casamento (já começa daí: quem casa com vinte anos?), ela havia descoberto uma traição do marido. Oi? UMA? Amiga, vamos fazer uma festa surpresa pro seu marido? Uma única e singela traição de amado Paulo depois de quase vinte anos de casamento? Que é isso? Ele quer aparecer no *Fantástico*? Quer convite pra cear com o papa? Quer ter o busto imponente e corajoso como ponto turístico no centro da cidade? Quer virar boneco de pano politicamente correto (algodão natural, tecido orgânico, olhos verdes feitos a partir do reaproveitamento de garrafas PET) para crianças lactentes? Não, Carol, deve ter mais. Não é possível. Poxa, o Paulo sempre me pareceu um cara normal, gente boa, da paz. Ele não faria isso com a gente. Vamos investigar, "pelamor", deve ter mais.

Carol não estava para piadas. Inconformada, arrasada, um trapo humano, ela só conseguia pensar em facas, armas, sangue, coisas quebradas e picotadas. Só conseguia pensar em besteiras. "Como ele pôde fazer isso comigo depois de tanto tempo?" Como ele pôde fazer isso COM ELE depois de tanto tempo. Uma puladinha de cerca em vinte anos? Por Deus. Falemos a verdade! Primeiro: esse homem te ama. Segundo: o que meia horinha do desejo do outro tem a ver com a gente? Paulo não arrumou uma amante fixa, não jurou filhos e eternidade em outra casa, não se apoiou em dupla personalidade para sobreviver a um amor falido. Não chegou com o coração enlevado (e o ventre melado) e, por meses ou anos, se deitou ao lado de Carol. Paulo, em vinte anos de casamento, foi ali dar uma voltinha. Meia horinha porque era quarta e a vida é dura. Aff, minha gente, Paulo é humano. Quiçá, um herói.

Carol, lembra ano passado, quando fomos à festa de final de ano daquela produtora? Você ficou de papinho com um cara e... "Não dá pra comparar. Eu estava chateada com o Paulo. Já o Paulo me traiu porque não presta mesmo." Ah, está resolvido então! Mulher trai porque está #chateada, homem porque "está em seu DNA". Que bela desculpa (machista!) nós inventamos pra galinhar. "Não era tesão, era mágoa." Sei.

Carol, o Paulo esteve ao seu lado quando você inventou que era artista plástica. Lembra? Você largou o emprego para pintar aqueles quadros horrorosos, que os amigos compravam por pena. O Paulo ia aos vernissages, tirava fotos, divulgava, aturava seu bafo de nervosismo. Isso é fidelidade. A maior delas. Depois teve a fase "vou reformar a sala pela décima vez". Lembra? Japonesa, tailandesa, nova-iorquina com canos aparentes, com muitos quadros, sem paredes... Sua casa esteve em obras por tanto tempo que o cheiro de tinta me lembra mais você que o seu próprio cheiro. E o Paulo apoiando sua esquizofrenia arquitetônica, sabendo que a loucura de trepar há vinte anos com um mesmo ser tinha que vazar pra algum lado. No fundo você queria era mudar a instalação peniana ao lado do sofá. Você queria era variar os objetos do seu design interior. Mas Paulo, que homem, ainda opinava nas almofadas. Ele só queria te ver feliz. Isso é fidelidade. A maior delas.

Façamos assim. Eu volto para minha reunião e essa faca volta para a gaveta da cozinha. Essa tesoura, para a gaveta do escritório. Nós, todavia, já deveríamos ter saído do armário do puritanismo há muito tempo.

Borracha neles!

Aos quinze anos eu tinha um namorado chamado Eduardo, uma mochila de rodinhas para que os livros pesados não sobrecarregassem minhas costas e muito tédio. Tirando história e literatura, eu odiava todas as outras matérias. Tirando a Michele e o Toninho, eu detestava todos os outros alunos. Tirando sextas e sábados, dias em que estava liberado assistir às aulas sem uniforme, eu abominava todos os dias da semana. Eu era a típica pessoa sem problemas, no entanto, enfastiada porque meu pai cismava de conversar comigo no trajeto para a escola e o vestido da Pakalolo que eu queria estava esgotado no tamanho P.

O plano era matar aulas para encontrar meu namorado, e eu era muito boa nisso. Eu obrigava minha mãe a fazer "bilhetinhos de dispensa" para a educação física (dizia a ela que não me sentia bem por conta do prolapso da valva mitral, problema que acometia a família toda, e que usaria o tempo para ficar na biblioteca lendo), mas usava tal ingenuidade materna documentada para escapulir e ir dar uns amassos no cinema.

A vida parecia terrível, longa, infernal, claustrofóbica, começando sempre às seis da manhã e terminando com a minha cara enterrada em um livro de física, sem entender exatamente aonde aquilo me levaria. Se existia Deus, e eu aprendia em sexologia que sim (o professor da instigante disciplina era um padre, vai entender), ele devia estar penalizado pelos meus dias de tamanha provação.

Só adulta fui entender como tive privilégios e fui ininterruptamente instruída, auxiliada, ouvida, amada, salva, levada, trazida, no ar-condicionado, no uniforme com amaciante, à psicóloga para que eu falasse dessa tamanha angústia por sabe-se lá o motivo, aos shoppings para encontrar amigos e torrar mesadas, às festas implorando à minha mãe que mudasse o limite da uma para uma e meia da manhã. Eu era insuportavelmente feliz, sobretudo porque podia me dar ao luxo de buscar motivos misteriosos para não ser.

Ao ver essa absurda repressão policial, com homens apontando armas para garotas de quinze anos, batendo e jogando cadeiras em jovens que só querem entender, afinal, o que significa "reorganização", uma vez que está um pouco confuso quando, como e onde eles vão estudar, fiquei pensando como seria se, naquela época, simplesmente fechassem meu colégio e a polícia me apontasse um cassetete. Meu enfado, minha revolta contra nada, minha vontade de somente ver filmes e beijar na boca e escrever poesias e dormir até mais tarde e ouvir músicas virariam o quê? Assista a qualquer uma das muitas entrevistas feitas com esses secundaristas que "invadiram" suas próprias escolas (como se essa afirmação já não fosse um absurdo) e fique pasmo: eles são muito mais espertos, organizados, articulados, informados e maduros do que você imagina. Deveria ser proibido por lei envelhecer antes da hora.

Em um país decente, um governador jamais fecharia noventa e duas escolas. A porrada nunca substituiria o diálogo. Um chefe de gabinete em tempo algum afirmaria que é preciso adotar "táticas de guerra" para desmoralizar garotos que estão lutando para aprender. Alunos que se esforçaram tanto para passar no Enem e cursar uma boa faculdade em hipótese alguma perderiam a vaga porque estão proibidos de terminar o ano letivo. Em um país decente, adolescentes matam aulas em vez de apanhar para que possam frequentar uma escola. A borracha serve para dar mais uma chance de acertar a questão da prova, e não para quebrar ossos.

TV de cachorro

Quem aqui se lembra de como era a vida há cinco anos? A gente acordava, lia o jornal, trabalhava, faltava na academia, via TV, fazia ou não umas coisas (se era namorado recente, talvez a gente transasse; se era marido, talvez a gente lesse; se era nada, talvez a gente saísse) e dormia. Ah, sim, e entremeando esses momentos, a gente se alimentava.

Hoje se inverteu tudo. Agora o importante é comer como as celebridades fitness do Instagram ou como os chefs renomados dos reality shows e, nos intervalos, quiçá, trabalhar, respirar, transar, ler e dormir. Hoje eu já acordo com uma espécie de carrasco dentro do meu cérebro: sem pressa, sem glúten, sem farinha, sem açúcar, sem lactose, sem hormônios, sem agrotóxicos, sem sódio, sem sal nenhum, sem gordura trans, sem gordura nenhuma, sem transgênicos, sem parabeno (ops, esse é na maquiagem), sem o animal ter sofrido, sentada, sentindo o sabor, sementes. Às vezes tudo isso me dá tanta tristeza e preguiça que apenas bebo água. Ainda vão inventar a água orgânica. Putz, acabei de procurar água orgânica no Google e... tarde demais!

Quem aqui se lembra como era a televisão há cinco anos? Artistas faziam novelas, seriados, plásticas. Agora eles fazem moqueca de redução de escalope de avestruz cru, salpicão de feijão-tropeiro reeditado a partir da espuma de feijão carioca que na verdade é um tofu com algas e penne ao limone, mas a massa do penne é feita de lula, que é feita de nozes, e o limão é abacaxi revisitado. Todo mundo tem um programa que ensina a cozinhar. Cozinhar hoje é o novo "atacar de DJ". Não foi escalado pra próxima das nove? Não conseguiu nem um papel como amiga da alma penada da novela espírita das seis? Então mostra pra gente a sua versão da panqueca de camarão! Nem tudo está perdido!

Sábado fui almoçar no restaurante de um chef que admiro muito. Um lugar a que eu sempre ia e era quase um segredinho meu. Fui avisada logo na entrada por uma produtora: "Estamos documentando a vida dele para um reality, e todo mundo que vem aqui pode aparecer no programa". Eu só queria comer. O sucesso é muito brega. Sim, tem que ganhar dinheiro, tem que aproveitar, eu faria o mesmo, mas, ainda assim, o sucesso continua sendo muito brega. Fui comer no restaurante ao lado.

Onde foi parar aquele iogurte que a gente bebia, de manhã, enquanto enfiava uma roupa porque estava atrasada? Tenho a impressão de que se eu comer "qualquer coisa" hoje, só pra "resolver a fome", pandinhas bebês morrerão de depressão. Aquele almoço "vou ali na esquina engolir um troço" já, já vira crime, homicídio culposo "não tinha a intenção de matar, mas machucou muita gente proferindo aquelas palavras". Hoje a gente vê fotos da Xuxa ao lado de crianças e trajando um maiô PP e saia transparente e acha estranho. Que doideira esses anos 80! O que vamos achar, daqui a vinte anos, de um reality que estressa crianças de oito anos para que elas saibam fazer pato trufado?

Que minuto foi esse em que todas as pessoas e programas de TV e revistas e sites e redes sociais decidiram que comida é a coisa mais importante do mundo? Por que vocês vão pra Roma, Paris, Buenos Aires, sei lá, qualquer cidade linda, e só tiram fotos de pratos e cardápios e da cara de espertões que vocês fazem por estarem em algum lugar que o *Guia Michelin* mandou? E os guias que falam sobre pracinhas, pessoas, parques, museus e arquitetura?

Deus abençoe você que flerta com desconhecidos

Você que acorda cedo pra pular Carnaval. Que vai tarde adentro, noite afora. Que espera ansioso para camelar ao sol e ao som de batuques. E no calor e no meio de tanta gente. Que vai da Paulista até a Roosevelt. Que compra parafernálias penosas, vibrantes, quentes, pesadas. Que não mancha com raios UVA e UVB, não tem medo de o buço escurecer sem filtro e não protege todas as pintas sinistras das costas com bloqueador. Que bebe e se chacoalha e bebe mais e não vomita nem desmaia com a pressão cinco por dois e tampouco morre. Que pisou em trinta e quatro tipos diferentes de urina e nem vai lembrar disso quando entrar em casa com os sapatos. Que tem setenta e oito tipos diferentes de suores brigando por destaque em seus abraços. Que achou graça nas lantejoulas no pinto, parecia que ele tinha olhos. Que senta em privadas de botecos e encosta sem querer a calcinha no vaso e não tem nenhum medo de ebola vaginal assassino.

Deus abençoe você que não tem nenhum remédio controlado no cerebelo. Que goza rápido. Que olha um mar de gente à sua frente, ao lado, para trás, e não tem a voz na cabeça dizendo "deu

merda", "cadê a saída", "deu merda, cadê a saída dessa porra?".
Que não se imagina pisoteada por foliões e a manchete no dia seguinte "a felicidade alheia lhe esmagou o triste crânio". Deus abençoe seu espírito livre, seus ossos de aço, suas artérias não hipotensas, sua testa não amarrotada por medos.

Deus abençoe você que realmente junta a turma, que tem saco pra gostar de tantos e ao mesmo tempo (e mais os amigos dos amigos que nunca param de chegar). Que sacoleja o bebê no colo, encontra seu ex fantasiado de Beyoncé grávida (no caso dele, de cerveja) e pensa "que sexy!". Deus abençoe você que flerta com desconhecidos, e não com a hipoglicemia.

Na manhã de meu aniversário de trinta e cinco anos, acordei com dengue. Fui para o hospital, fiz vários exames, não era dengue. Doía a lombar, a cervical, os joelhos. Os olhos ardiam, a garganta raspava, a coluna queria desistir de tudo por horas. Era rim ou mau jeito? Enxaquecas, gastrites, arritmias. Tantos médicos e a mesma sentença: não é nada. Deus abençoe você que não se sente com uma dengue eterna desde que fez trinta e cinco anos.

Você que ressignifica o espaço urbano, que reocupa a cidade, você que adora ser o sujeito dessas frases apesar de ter apenas mijado em frente a uma papelaria. Como você leva a sério a sua leveza! Ergue as mãos ao céu, glorificando o lixo abandonado no Centro, as carcaças de gatos mortos, as calças de palhaço mofadas. O mendigão te odeia, mas você, tão do povo, o chama pra dançar. Sim, sua família é aquela desgraça. Tem suicida, louco, vagabundo, racista. Sim, seus amigos, outra maravilha. Tem invejoso, fascista, machista, mentiroso. Mas está aí uma coisa que nunca te derrubou: a angústia. O pavor de saber, lá no fundo, que na real (e de forma bem escancarada quando você não se encontra distraído) está tudo errado.

Deu onda. "Meu pau te ama" é a mais bonita frase já inventada. Teve Carnaval aqui na minha rua, você diz. Ejacularam e cagaram na sua porta. Você amou, você é feliz, você é do bem, você fez letras, você usa anel no dedo do pé e saia da vovó. No dia seguinte não lavaram a rua. Daí veio o dia da feira, e a soma da fedentina chegou à vizinhança. Você nem sentiu. Você postou foto do seu pé (o mesmo que tem anel) estraçalhado por um caco pontudo. O vidro perfurou sua rasteirinha. Mas ano que vem, se Deus quiser, tem mais! HPV se cura com meditação; vontade de sumir, com florais. Ser você é uma dádiva. Deus te abençoe.

Porque, porque, porque, porque

Porque eu subi no bidê para me olhar no espelho e meu avô teve medo de que, como sempre, vaidade terminasse em queda, me disse que eu era a menininha mais linda do mundo (e que, portanto, parasse com o costume de averiguar). Mas, lá pro meio da frase, ele acabou acreditando que eu era mesmo muito bonita e é essa parte, esse lapso de amor, que eu lembro sempre que subo em qualquer lugar (ou vejo um bidê).

Porque a manicure contou que perdeu dois filhos, um de acidente e outro de suicídio, tem irmã com HIV, pai com demência, diabetes, cisto suspeito no seio esquerdo e uma alergia nervosa na perna que lhe dá feridas, eu estou há duas semanas sem fazer as unhas. Não consigo mais voltar lá e não consigo mais não voltar lá.

Porque meu pai uma vez recortou do jornal uma foto com filhotinhos de gatinhos e cachorros e me deu, e eu já era adulta, nunca mais superei sua doçura. Por todos esses anos (depois do recorte e antes do recorte), meu pai falou mal de muitas pessoas, comprou livros sobre a Segunda Guerra e simpatizou com políticos de direita. Apesar disso, quando o vejo, minha cabeça fala "é o homem dos recortes", e então saio pegando coisas pela minha casa e dando de presente pra ele.

Porque minha avó Maria sempre fazia dancinhas quando eu estava triste, agora eu mesma faço dancinhas para mim quando estou triste. Às vezes não lembro, nem sei por que faço a dancinha, mas no fundo eu sei. Porque minha mãe tem voz de menina jovem e avassaladora de corações, eu sempre me assusto quando ela diz "tropecei" ou "vou fazer setenta anos". Preciso colocar post-its pela casa, lembrando de perguntar como anda mamãe e se ela precisa de algo.

Porque uma vez eu estava andando no parque Piqueri, no Tatuapé, e um velhinho de mil anos era muito fofo e muito italiano e me lembrou meu avô, eu lhe acenei como se acarinhasse o ar. O velho correu atrás de mim, querendo me beliscar a nádega direita. E o velho dizia "vamo ali naquele quartinho". Estranhamente tinha mesmo um quartinho no meio do parque. O empurrei, saí correndo e nunca mais sorri pra velhinhos (mentira). Naquele dia, minha boca entortou de nojo e desenhei o que seria, muito em breve, o meu sorriso cínico.

Porque os dois porteiros do meu prédio são muito amigos e o mais velho tem uma moto e o outro, mais magrinho, uma mobilete, eu fiz uma foto deles juntos e motorizados e fiquei feliz, e eles também ficaram. O mais magrinho fez um joinha, o outro apenas cara de mau.

Porque a voz de quem vende coisas de telefonia é chata e a forma como elas falam é chata e o que falam é muito chato, fui grossa mesmo sabendo que me daria muita culpa. A culpa durou só alguns minutos, porque tenho uma fila imensa de outras culpas para sentir em um dia.

Porque eu aprendi que temos que sentar nos dois ísquios com o mesmo peso, comecei a fazer mais força pro lado direito (porque estava pesando mais o esquerdo) e agora estou torta pra direita. Talvez seja impossível ter a bacia equilibrada, porque talvez seja impossível que qualquer coisa seja equilibrada.

Porque Pedro agora tem uma pequena pancinha (que escapa de leve da camiseta quando ele vê TV), tenho certeza de que sou casada. Tinha pavor de uma vida igual à de todo mundo, mas, como passei a ter fetiche na pequena pancinha, entendi que sempre terei minhas histórias como refúgio.

Beijo, não me liga

Passei boa parte da vida enfiada no meu quarto pendurada ao telefone. Minha mãe esmurrava a porta, me deixava de castigo, mostrava a conta implorando por piedade. Mas aquele era meu vício. Horas por dia, vários amigos e quase sempre o mesmo tema. Mas assim como o assunto "homens" um belo dia perdeu o reinado absolutista, ligar para alguém (ou receber uma ligação) se tornou bastante obsoleto no meu dia a dia. Às vezes chego a pensar até mesmo em falta de higiene. É como cutucar alguém enquanto falamos ou jorrar pequeninos cuspinhos quando contamos, excessivamente animados, uma história. Sempre que alguém me telefona, eu sinto aquele pedaço de arroz que migrou da língua ansiosa de outrem e pousou no meu purê de batatas. Não é legal.

A mensagem de voz pelo WhatsApp é a invenção mais maravilhosa já criada pelo homem egoísta. Você fala sem ser interrompido. Você grava mil áudios sem ser interrompido. É maravilhoso. Para que ter um interlocutor quando podemos nos maravilhar com nosso próprio papinho? E depois ficamos ouvindo nossa voz, nossas ideias, concordando com a cabeça, rindo com nossas piadas, nos arrependendo bem gostosinho de sermos "assim mesmo". O outro escutar e responder é secundário, estamos bastante envolvidos com nossa existência.

E quando recebemos um áudio, podemos pausá-lo quando estiver incomodando, ou ouvi-lo mais tarde, ou nunca, ou cem vezes se for uma voz máscula, assertiva e um tanto rouca. Podemos encaminhar o áudio perguntando a um terceiro elemento o que pensar daquelas palavras. Podemos botar o áudio para a terapeuta ouvir. Ou seja: é todo um relacionamento com outro pautado apenas pela sua neurose e pela sua solidão higiênica. Editado e cortado pela sua disposição e pelo seu desejo. E sem o insuportável toque do iPhone que sempre me desconcentra, irrita, atrapalha. Sério mesmo que você preferiu cuspir arroz no meu purê quando poderia apenas ter me mandado uma mensagem? Telefonar para alguém é falta de educação.

Outra maravilha da tecnologia depressiva: poder continuar amigo de alguém que você curte apenas por UMA coisa e não pelo conjunto da obra. Tem gente que você gosta apenas porque te manda memes bizarros. Mas você não quer almoçar com essa pessoa. Tem gente que você tolera apenas porque tem carinho da época da escola. Mas você não quer jantar com essa pessoa. Então você mantém contato com esses pseudoqueridos (uma vez que daria uma dorzinha ignorá-los por completo), mas não precisa tomar banho e sentar retinho numa cadeira pra ouvir duas horas de baboseira em um restaurante brega (geralmente eu desencano de ver ao vivo quem gosta de lugar brega).

Desaprendi a ser falsa ao telefone. Antes eu ria de piadas horríveis de parentes, mostrava consternação com fofocas insignificantes e passava uma hora tentando explicar para uma amiga que o cara estava cagando um imenso cajado alado pra ela. Hoje em dia faço aquela voz de "profundamente entediada e invadida" e não sei como parar de ser indelicada. Geralmente escuto "tô te atrapalhando?" e respondo "manda um áudio que eu juro que te dou atenção depois". DEPOIS é a única liberdade possível. Sério que vou ter que dar minha opinião AGORA, e não quando estiver disponível e a fim? Por favor, não interrompa meu dia.

Se for neurótico, não mande *nudes*

Quarta passada me olhei na banheira de casa e me achei bastante sexy. Ainda não era meio-dia, e a claridade (somada ao fato de eu ainda não ter almoçado e, portanto, estar com uma barriga desinchada) favorecia demais algumas partes que sobressaiam pela espuma.

Meu mamilo esquerdo, que apelidei desde a adolescência de "o maior", insistia em se resfriar pra fora da água quente. Achei aquilo bastante provocativo e, antes de o superego invadir o banheiro e me salvar das garras de um exibicionismo hipoglicêmico, cometi um *nude*.

Considerando que meu marido me vê pelada todos os dias e aproveita para perguntar onde está o seu Sorine ou o seu iPad ou se ainda tem frango, não o considerei como primeiro da lista. Também não considerei ninguém do restrito grupo "pessoas que eu pegaria caso essa relação não dê certo", pois acredito que uma das coisas que ainda me ligam cosmicamente a esses potenciais futuros nada é não mandar uma foto de um mamilo esquerdo semi-imerso quando ainda não é nem meio-dia.

Mas algo precisava ser feito com aquela pequena joia da autoflagelação virtual, com aquele mimo prazenteiro em formato de gota, com aquela ansiedade estranha invadindo meus tímpanos com o mantra "faz besteira, por favor, faz uma merdinha, vai, por favor".

Com a finalidade de destruir aquela pontual obsessão de abraçar o capeta, pensei em mandar para minha mãe. Era um jeito de acatar as vozes, de encerrar o impulso mas, também, de saber que tudo ficaria embalado sob as etiquetas de "apenas piada", "uma criança grande" e "sou fofa e faço mamãe rir". Ela balançaria a cabeça achando graça e automaticamente deletaria. Seria pueril, sem grandes consequências, e estaria tudo bem para sempre.

Poderia enviar a alguma amiga também, ou a algum grupo só de mulheres, e escrever algo como "esse mamilo esquerdo passou só pra desejar que você peite o dia". Eu ficaria então protegida pelas etiquetas de "nossa amiga doidinha" ou "que figura!". E o dia seguiria como tantos outros: cheio de tédio e vontade de fazer besteira, de fazer merdinha.

Percorri os nomes no meu celular e cheguei até ele. Namoramos quando a idade nos permitia só planejar pequenas perversidades sexuais em vez de malabarismos para pagar um plano médico com internação no Sírio para toda família. Hoje em dia, não morrer e não deixar ninguém que eu amo morrer toma quase todo meu tempo.

Encarei aquele aterrorizante sinal de "recebido e lido" por mais de cinco horas, me perguntando se o silêncio era devido a extrema saudade ou intenso amor mal resolvido. Passadas doze horas, me perguntei se ele havia doado o celular para a avó ou se uma possível esposa estava armada e a caminho da minha casa. Passadas vinte horas, culpei a inevitável derrocada do colágeno e pude vê-lo absolutamente melancólico: "Mano, coitada, já foi tão melhor".

Desesperada, decidi então fazer o grupo Tá Caído? no WhatsApp e adicionei meu marido, minha mãe, minhas amigas, minha vizinha, minha dermatologista, a mulher que depila meu buço e minha antiga analista.

Mandei a foto para mais de quinze pessoas e pedi sinceridade. Segundos depois o celular tremeu e eu corri, estava preparada para ouvir a real. Era a foto da bunda dele.

Tipo assim, energia, meu

Escrevo para pedir sua ajuda. Sou uma mulher de quase quarenta anos, suficientemente cínica e com ojeriza a papinhos-furados recheados de frases feitas ou expressões que jovens muito felizes e gritantes usariam em um luau. No entanto, sofro de incontrolável apego à palavra "energia". Lanço-a por aí em almoços informais, reuniões de trabalho e feiras literárias. Depois me contorço em autodescaso. Sou uma farsa! Faço minha carinha de empáfia para distrair as pessoas da obviedade de que sou uma idiota, mas me desnudo no exato segundo em que, sem controle, entregue ao vício, menciono a palavra energia, querendo alcançar o rabo de alguma metafísica chula trazida por um reles ventinho de fim de tarde.

Cometo tal futilidade sempre que quero ir além da minha ladainha autocentrada e abraçar sentimentos muito profundos, curiosos e misteriosos. Infelizmente, "não sou religiosa, mas acredito numa energia boa que chamo de Deus" virou frase de lanchonete de academia. Virou frase de blogueira especializada em blush cor de bronzeado mediterrâneo. Mas, poxa, eu talvez tenha inventado esse pensamento. Eu era feliz em tê-lo na minha lista de conclusões especiais. Quando pensei isso, na infância, me achei realmente esperta. Desde então chamo de fé essa coisinha bacana, essa *vibe* boa... essa energia do bem. Socorro! Pareço uma anta filosofando numa doceria de shopping. Enfim, ou você me ensina um substituto cabeça, um sinônimo mais aceito nas rodinhas intelectuais, ou minha carreira estará acabada!

Outro exemplo: pessoas que nos tratam superbem, são queridas, bem-intencionadas, mas, quando chegam perto, é como se os pontinhos de arrepios de nossa pele fossem milhares de plantinhas floridas e microscópicas que inflam em pavor, infartam, secam e se esvaem em súbita e prematura morte. A gente sente a paulada atrás do joelho, percebe a aura cor de céu do último dia do universo. É a energia da pessoa que, putz, cara, é bem barra-pesada.

Já outros coleguinhas nem vão com nossa cara, estão sempre lidando com a realidade com a feição simpaticíssima de quem acabou de cheirar um sachê de bosta. A ruguinha eterna abaixo da boca desenhada pelo constante nojinho por outrem. Mas, vai entender, rola um oxigênio queridão quando ele aparece. Se bobear, rola até um tesãozinho.

Nunca vou me esquecer de quando, na longínqua época em que eu ia a festas que não estava a fim de ir, fui a um aniversário no Baixo Augusta. Enquanto me arrumava, meu perfume novinho explodiu, espalhando uma indecente quantidade de dólares pelo banheiro. Na hora pensei "energia ruim, não saia de casa". No caminho, me perdi, a rádio só tocava música triste, meu celular apagou e nem estava sem bateria. Cheguei ao bar e minha pressão caiu, eu não parava de bocejar, minha nuca parecia pesar mil quilos. Não suportei mais e saí correndo. No dia seguinte, amigos me contaram que o lugar foi assaltado e teve choradeira, polícia, troca de tiros. Passei os dez anos seguintes dizendo a todos que eu transo um lance fortíssimo com a "energia dos lugares". Quem vai discordar?

Preciso dar um basta nisso. Já lancei livro por editora de respeito, a última reforma da minha casa me alçou ao patamar dos adultos com bom gosto e, semana passada, até o canal Arte 1 quis falar comigo. Resumindo: rolou pra mim, galera. Não posso estragar tudo agora, apenas porque sou uma junkie verbal, uma adicta, uma dependente. Conto com você.

Culpa

Recentemente viajei a trabalho "de executiva". Confesso que cheguei animada ao aeroporto, ávida por aquelas horas relaxantes e luxuosas, mas já na fila do embarque comecei a sentir um incômodo profundo que me acompanhou por todas as doze horas do voo: culpa. Muita culpa. Culpa a ponto de eu achar que Deus se vingaria de minha arrogância e faria com que aquele canapé espetacular de atum cru com ovos estivesse estragado e com salmonela. E eu morreria no banheiro chafurdada em fezes soberbas.

A fila de catorze pessoas passou na frente de muitas famílias que carregavam mais malas e filhos do que pareciam aguentar (no olhar de uma mãe cansada, eu li: "morra, sua vaca"), mulheres grávidas, idosos, bebês, um tio meio manco. Espera aí, Brasil, fiquem quietinhos como gambás enjaulados enquanto os pavões guardam suas malas caríssimas (menos eu, que ainda tenho aquela mala de criança que vem com um chaveirinho de macaco). Tive a certeza de que o avião sofreria um acidente, mas só a área VIP se descolaria pelos ares, arremessando nossos corpos quentinhos e bem hidratados por champanhes e vinhos caros para um sincerão com Jesus, que de muito perto nos observava e achou melhor que cortássemos logo caminho para o Juízo Final. O resto do avião ficaria protegido por nossas mantas gigantescas e felpudas (ah!, as mantas da executiva!). Elas fariam uma espécie de isolamento seguro no buraco causado pelo acidente. Já as infinitas penas de ganso de nossos muitos travesseiros fariam uma caminha acolchoada na base do avião. Os milhares de litros de água Perrier, ofertados como espirros de um alérgico num planeta dominado por gatos, apagariam qualquer fogo. Tudo isso levaria aquelas pessoas mais legais do que eu em segurança para uma ilha com esquilinhos em árvores frondosas.

    Depois de maravilhosos foras (exemplo: não sabia que TODAS aquelas comidas seriam servidas e circulei com caneta Bic só as que eu queria e dei pra aeromoça, que fez cara de nojinho), acabei capotando e dormindo o sono dos injustos. Sonhei que meu pai, que mora numa casinha simples na Zona Leste, ligava para minha mãe, que mora num apê simples na Pompeia, e eles ficavam horas falando mal de mim. De como eu havia me descolado da família, andava sumida e era uma pessoa muito escrota. Só que eles não sabiam que eu estava ouvindo tudo, numa espécie de linha cruzada macabra, sem poder me defender: "Peraí, gente, trouxe presentes!". Acordei tendo uma crise de choro, às quatro da manhã, me sentindo o ser humano mais solitário do planeta, e um tiozinho empresário (gato, preciso confessar) da "poltrona-cama" ao lado me ofereceu seu cartão "CEO fuckers mundial" e um Frontal: "Também tenho medo de avião". Eu pensei em explicar "eu tenho medo de ficar rica", mas estava cansada demais para isso.

    Essa semana lancei um filme e um livro ditos "comerciais". Quem nunca? Saí sorrindo em colunas sociais e em programas de TV sempre imersa numa culpa gigantesca (é culpa da escola católica onde estudei na infância? É culpa dessa cultura nacional de "se fizer sucesso e der dinheiro, é intelectualmente podre e você tem que morrer"?), entrei numa angústia abissal e comecei a ter vontade de andar pelas ruas, toda rasgada: "com licença, perdão?". Desculpa mãe, Brasil, vizinho, mulher da fila do avião, críticos da *Folha*. Vocês podem me perdoar? Vocês nem lembram que eu existo, eu é que preciso me perdoar.

Personal existência

Márcia começou a trabalhar aos dezessete anos. Morava num apê pequeno na Santa Cecília. Cozinhava comida baiana como ninguém, apesar de não ser baiana. Cozinhava comida árabe como ninguém, apesar de não ser árabe. Era uma estudante autodidata de francês e ioga. Gostava de fazer tudo a pé e entendia de pontos de ônibus melhor do que ninguém.

Foi crescendo na empresa e ganhando aumentos. Casou com um homem que foi crescendo ainda mais em sua empresa e tendo ainda mais aumentos. Morou numa casa gostosa em Perdizes, depois numa gigantesca em uma vila nos Jardins e recentemente abraçou a ideia bastante estranha de um dúplex dentro do mesmo condomínio que um shopping. Ela espirrava na sala e já estava na fila do Ráscal.

Nessa trajetória de ascensão, foi a primeira a ter personal pilates, personal fisioterapeuta, personal corrida, personal massagem modeladora e personal "arrumador de armários". Era uma quantidade meio descontrolada, mas, como Márcia trabalhava muito, estava perdoada. Depois ela contratou um personal cuidador de cachorro, delegando passeios e cocôs para uma pessoa que passava o dia todo na sua casa apenas para isso mesmo: passeios e cocôs.

Então foi ladeira abaixo: seus dois filhos eram completamente assessorados por "personais" enfermeiras, cuidadoras, cozinheiras e educadoras. A personal analista da família ia até a casa dela, todos os dias, e até viajava com a família quando o personal agente de viagens conseguia emplacar uma dica personalizada. Se não me engano, a cachorra tinha uma personal analista que ia junto. O personal motorista era personal segurança. A personal secretária só podia falar com a personal governanta que, por sua vez, não podia falar com Márcia, o que fazia a personal secretária não ter a menor ideia do que era pra fazer.

Márcia nomeou um personal assistente para fazer todo o seu trabalho e um personal assistente do assistente somente para que o primeiro nunca ligasse incomodando. Ela nunca mais saiu de casa.

Cansada de ter que dividir a atenção do *concierge* do prédio com outros moradores, pagou do próprio bolso um personal porteiro. Seu Juca ficava sentado o dia todo na recepção do prédio, mas não podia dar bom-dia a ninguém que não fosse Marcinha.

Um dia Marcinha contratou uma personal gêmea. Uma mulher bem parecida com ela que, após algumas intervenções com um personal cirurgião, ficou idêntica. A personal Marcinha ganhava para ficar cinco minutos em festas infantis, lançamentos de livros, batizados e funerais. Quando era casamento de rico, a Márcia real preferia ir: pegava direto da fonte as dicas mais quentes das novidades do mercado de "personais". Agora tinha uma pessoa, parece, que era especializada em dar banho, comida na boca e até limpar a bunda. E não precisava ter problemas motores ou mentais, bastava ser como Márcia: muito rica e sem tempo para nada.

Certa vez, a personal Marcinha acabou fazendo um boquetinho amigo no marido de Márcia. Márcia tinha acabado de fazer um "peeling renovação de luz" nas mãos, com sua personal de peeling renovação de luz de mãos, e estava cansada. Daí foi ladeira abaixo: personal Marcinha acabou aderindo a outras sacanagens, profundidades e posições.

Trancada em seu quarto há anos, sem ver ninguém, Márcia procura agora no Google alguém que possa morrer por ela. Um personal defunto Marcinha. Ela está louca para dar uma falecida, mas imagina o trabalho que não deve dar?

Como é triste dormir em hotel triste

Fui a trabalho, na semana passada, para o que chamei de "peloamordedeus quem cometeu a arquitetura & urbanismo dessa cidade" e tive de dormir em um hotel que apelidei, generosamente, de "eu preferia virar a noite pensando em uma campanha publicitária para PGBL/VGBL, sofrendo de uma virose considerável, desde que a decoração não me lembrasse que vamos todos morrer e talvez de forma trágica". Foram das piores noites estéticas de toda uma vida.

Se você é o tipo obsessivamente engajado em questões sociais sem energia para admirar uma cadeira design ou apenas desencanado de confortos e belezas (que dorme em qualquer colchão sem mancar no dia seguinte e não consegue diferenciar uma boa camisa de um papelão de cor duvidosa com botões), peço que não leia este texto. Não quero te perder. Você é uma pessoa infinitamente melhor que meus escolhidos e necessito tê-lo por perto para tentar alguma iluminação.

Posto que invejo sua superioridade em termos de caráter, decência, estudo, criação, grupo de amigos, gosto para revistas e ideais, aqui me despeço e convoco outro tipo de gente. Os que podem, assim como eu, passar horas deprimido ao conviver forçosa e intimamente com quadros de etéreos barquinhos ancorados, criados por um morador local que gosta mesmo é de ser contador. Cortinas medonhas, perfume decadente e cor "ex-gola branca ensebada pela indolência"; uma parede que insiste em ornar um laranja fim de feira com um verde-água ambulatório do interior; piso frio no quarto, imitando granito, adornado por desenhos que parecem drosófilas esmagadas (estilo o que a tia Cidinha mandou botar na cozinha da casa de Itanhaém porque ninguém vai mesmo) e ásperas e cinzentas toalhas formando os terríveis cisnes tão apaixonados quanto puídos e amargurados.

Importante ressaltar aqui (me tornei uma coitada preocupadíssima em não levar porrada nas redes sociais e perdi o que eu tinha de melhor, que era uma expansiva aptidão para levar porrada nas redes sociais) que não falo de luxo, de riqueza, e sim de não ser um assassino de retinas esperançosas e peles muito sensíveis. E já vi muita gente inteira de C&A mais bem-vestida que a amiga de Dior. Mas também já vi muito infeliz mandando arrancar belíssimos taquinhos antigos de madeira da sala pra meter um mármore brilhoso de hall de dentista. Por que, meu Deus, você que tem dinheiro pra um antiguinho fofo na Santa Cecília, mora em um neoclássico da Vila Olímpia?

Quando vi a privada marrom com aquele assentinho que solta pum *fake* ao ser abundado, porcamente destacada por azulejos rosa-clarinho e um piso cinza com desenhos de rajadas grafite, meu ânus travou em repúdio e rebeldia: "*Sorry*, gata, mas eu me recuso a lidar com isso". De volta à minha casa, fiquei cinco dias no Tamarine.

E pra dormir vendo um ventilador de teto dourado ornamentado com strass e conchas? Tive vontade de me drogar pela primeira vez na vida. E a cabeceira feita de uma espécie de carpete de madeira que se prolongava para os armários e para os rodapés e para o inferno? Ainda não me conformo que esses hotéis "nemsergiocabralmereciadormiraqui" cobrem (e caro!) a hospedagem quando, se vivêssemos num mundo justo, o check-out seria celebrado com tocha olímpica, tema da vitória, familiares emocionados, crianças acenando e um gordo prêmio em dinheiro com taxa adicional de insalubridade.

O pós-venda do sexo casual

Imagine que você tem uma amiga divertida e cheia de assuntos do seu interesse. Imagine que, por toda a sua vida adulta, você jamais evitou o prazer despretensioso de estar perto dela. Agora imagine que, de bobeira, apenas porque vamos todos morrer e ela também assim o quis, você resolveu dar uma transada marota com essa moça adorável.

Pois muito bem, é isso que eu quero entender. Exatamente essa cara que você fez agora. Essa cara de "eita!". Me explique. Que esquisitinho é esse que se instaurou em seu peito outrora queridão? Que ameaça tremenda é essa que um mero "oi" no WhatsApp pode causar? Que "pelo amor de Deus, tirem essa prova viva de que gozo por aí" é esse, tão abissal, que você não pode abraçar com afeto o seu "gozo por aí"?

O que pode acontecer se, meu Deus, aff que difícil, ui que terrível, nossa que colite nervosa louca, você continuar amigo da senhorita com vagina que, apesar de ter sim um corpo nu agora irremediavelmente reconhecível por baixo daquela roupa, só gostaria de, às vezes, lembrá-lo que a intimidade recém-adquirida tem bem pouco a ver com compromisso, mas sim com a celebração de um pacto de momento (que por isso mesmo não é pacto e, por isso mesmo, merece comemoração). Festejar o "gozo por aí" é brindar ao "pequeno amor que não deu em nada", e é preciso ter muita delicadeza de intenções para se emocionar com tamanha perfeição.

Onde, em pleno "falta pouco para 2017", está escrito que a tal senhorita vai querer trocar alianças, fazer pequenos filhotes humanos com seus fluidos ou conhecer um daqueles parentes que abraçam como se o estômago alheio fosse um esconderijo para a dor de terem virado um daqueles parentes? Onde está sacramentado que após a perversão vem o desespero de enlaçar um "gozo por aí" em motivos mais inocentados?

Por que você gostava dela te contando, por tantas madrugadas, sobre medo de Ano-Novo, de peixe estragado, de sentir um negócio não catalogado (e sobretudo de não sentir algo não catalogado) e agora, só porque a encarou por outro ângulo, tudo lhe pareceu "um tanto demais pra sua vidinha de homem com expectativas ordenadas"? Entenda, vocês falaram tantas obscuridades, tantas maldades que você não contaria a ninguém. Falaram daquele "segundinho antes de ficar louco de verdade" que dá muita vertigem e arrogância. E agora vai correr de uma grutazinha úmida? Ou do que você fantasia serem as exigências loucas da pós-grutazinha úmida? Se você acha que vão lhe cobrar uma espécie de "pós-venda do sexo casual", é você que se considera um objeto.

Nem toda mulher está em busca de um amor salvador. Eu tenho sete médicos do Sírio-Libanês que, quando bem pagos, me colocam em suas macas e explicam: "Ninguém morre dessas coisas que todo mundo tem". E estou bem satisfeita com esse meu elitizado fetiche infantil. Não sou uma mulher em busca de um amor pavimentado ou sentido físico. Tenho aqui, em excelentes e próprios metros quadrados, um encontro tão profundo com meu Word que "você é tudo pra mim" seria uma belíssima frase que eu jamais diria. Do pequeno amor que não deu em nada eu só queria a liberdade de saber que, em algum lugar sagrado de nossa afinada não continuação tradicional, seguíamos com nossa secreta continuidade atmosférica. A querência sem delírio, o desvelo sem apego, o desejo sem arrebatamento, a intensidade sem ressaca. Enfim, algo divino e honesto chamado "dividir um lanche, falar mal dos outros, talvez mais alguma coisa".

Vai ter que ser na marra?

Eu era estagiária e usava calças tão justas e decotes tão largos que hoje só de pensar sinto assaduras e faringites. Não era elegante nem discreta (coisas que sempre invejei), mas era insuportavelmente feliz e cheia de amigos. Trabalhava até bem tarde na agência e, porque era perigoso ir sozinha, convidei um dos redatores para lanchar comigo na padaria. Tinha discutido feio com a minha mãe por telefone e, na segunda mordida no pão, desabei em lágrimas gordas. Meu colega me deu um guardanapo vagabundo de boteco e apontou, tal qual um pai para um brinquedo enquanto o filho faz manha: "Sabia que eu moro naquele prédio ali?".

Eu estava cansada das exigências de casa, do trabalho e do namorado que só me colocava defeitos e chifres. Topei o convite para ouvir música e descansar um pouco. E se ele tentasse me agarrar? Claro que pensei isso. Bom, esse é o tipo da coisa que a gente vê se está a fim na hora.

Na metade da primeira faixa do disco do Cartola, ele tentou me empurrar pro quarto e eu percebi que não estava a fim. Ele tentou de novo, com mais força, e eu peguei minha bolsa para ir embora. Então ele segurou meu braço, machucando: "Vai ter que ser na marra?".

Cresci ouvindo que qualquer macho, não por falta de caráter, mas "porque é da sua natureza", poderia agir de forma inconsequente e bestial. Mas a donzela, esse ser maravilhoso, sensível e purificado (o que me soava elogio na época), é quem deveria ser esperta e colocar limites. Que mulher com a minha idade não ouviu "a ocasião faz o ladrão"?

Tudo isso porque ao homem não tinha sido dada, pelos poderes de Jesus e de Grayskull, muita delicadeza na hora em que o pau fica duro. Aliás, trouxa do cara que, ao se ver com uma menina que já tinha topado ficar sozinha com ele, não forçasse a barra.

Não vou ligar agora para o meu pai, que tem setenta e cinco anos, e falar *"ma* que conselho machista!"*.* Mas certamente vou dizer ao meu filho, se tudo der certo, que os mocinhos são seres maravilhosos e sensíveis (vou pular a parte mala do purificado) e que uma garota pode se esfregar pelada nele, pode ter tatuagem de demônio fumando crack, pode ter transado com todos que ele conhece, pode falar palavrões mais cabeludos que sua própria nudez e, ainda assim, ela deverá ser tratada com todo o respeito e sem nenhuma violação.

Eu sempre gostei de ambientes de trabalho com todo mundo flertando, se pegando, se provocando. Nunca simpatizei com o discurso das amigas mais feministas que parecem lutar contra a delícia que é viver em um país tão sexualizado. Não é contra a putaria que devemos ser (isso é moralismo), é contra a violência. O problema não é olharem pra nossa bunda quando andamos na rua (ainda que isso irrite), o problema é quem acredita que nossa bunda, andando na rua, só saiu hoje porque queria dar ocasião para o ladrão.

Comecei a sentir vontade de vomitar (sempre ela me salvando) e o empurrei tão forte que caiu e machucou o ombro. Ao longo do trajeto para a minha casa, eu só conseguia pensar em como eu era péssima filha, péssima profissional, me vestia vulgarmente, provocava e depois não queria. Cheguei a sofrer: tadinho, machucou o ombro! Queria que alguém tivesse me dito, naquele dia, as coisas que eu sei hoje.

É urgente expor todos os vícios, sejam eles gritantes ou velados, de um mundo tão machista. Mas vou além: quando ele me mandou obedecer "ou ia ser na marra", por um instante eu pensei "isso é ser homem, eu é que não deveria estar aqui". A faxina também tem que ser feita dentro de nós.

Doutor *showman*

Meu dentista viajou para um congresso bem quando quebrei um pedacinho do pré-molar (bruxismo, muito sexy) e me indicaram um do tipo "badalado". Agora, me explica que tipo de ser humano escolhe um profissional por essa alcunha? Como era perto, tinha horário e eu estava com pressa, acabei indo. Mentira: moça caipira e brega que sou, sempre fico achando que "the badalado" é aquele melhor do mundo, que vai revolucionar minha existência. Coitada.

A sala de espera (misto de suíte presidencial parisiense com café metido da Vila Nova) abarcava os seguintes momentos: pastas na mesinha de centro exibindo celebridades que "também se tratavam ali" (fotografadas levando broca na boca com a maquiagem devidamente feita e patrocínio de loja do Cidade Jardim), um maître (oi?) que de cinco em cinco minutos me oferecia delicinhas feitas pela dona Juju (uma das regras do marketing: tudo é personalizado, íntimo e carinhoso), uma *hostess* "acabei de sair do curso gestão em pessoas", que sorria até o esfíncter fazer eco enquanto repetia "nem uma tacinha?" (oi? eu queria consertar o dente e não ser entrevistada pelo Amaury na pista). E, por fim, uma TV de zilhões de polegadas apresentava uma cúpula de gênios da saúde bucal em ação. Eles analisavam mandíbulas computadorizadas gigantes e tridimensionais que rodopiavam no ar, apertando os olhos, franzindo testas (miopia?), como se deles dependesse toda a população desempregada da Grécia. Que preguiça!

Horas depois (me mapearam tanto que eu estava vendo a hora que cismariam com minha pinta na virilha), eu sou levada para uma salinha com mais quadros de celebridades: "Não aconselhamos a senhora a arrumar um dente, mas sim TODOS, a um custo de setenta e oito mil reais". Eu estaria cem vezes mais segura às duas da manhã num beco escuro do Capão Redondo. Saí correndo. Mas calma, que não acaba aqui. Sou um tipinho estranho que aproveita as férias para marcar médicos e acabei pedindo indicações também de nutricionista e dermatologista. Desta vez, deixando claro que eu não queria mais uma pousada roteiros de charme *feat.* balada na Vila Olímpia. Não adiantou: virou moda ser médico da moda, eles estão por toda parte exibindo mais aparições na TV que diplomas. Talvez porque estudei marketing, talvez porque o cínico desconfia até da mãe quando muito carinhosa, peguei verdadeiro horror a esse fenômeno (ah, se eles soubessem que está virando popular!) chamado "doutor *showman*". Gourmetizaram a saúde e vai ver por isso os circos estejam falindo.

Resumindo, pra não escrever mais do mesmo (são todos iguais): o nutricionista me atendeu com roupa de pilates, sentado num colchonete e explicou que precisava conhecer de verdade a Tatiana (errou o nome), pois não acreditava na consulta superficial. Contei a ele (e a seu *entourage*) tudo o que eu havia comido desde 1985 e tudo o que eu comeria até 2038. Falei de antidepressivos, compulsões, sonhos e dores na alma. Duas horas e muitos reais depois, eles me imprimiram A MESMA dieta que deram a um amigo meu (homem, mais alto, mais gordo, mais novo). Já a dermatologista falou quarenta e dois minutos sobre a importância do preenchimento e do botox e não resolveu o meu problema de manchas de sol (motivo pelo qual eu fui). A palavra "badalado" quer dizer: você paga a mais pra se sentir pertencendo a uma coisa ridícula com pessoas ridículas e ocultar por segundos a sua origem caipira, que (com mais maturidade, você finalmente entende) é a única coisa boa que você realmente tem e que te diferencia dessa lama toda.

Qual a boa?

Em São Paulo, nós jovens metidos a moderninhos estamos sempre perseguindo A BOA. Por trás de nossas barbas e coques milimetricamente arquitetados (ainda que feitos despretensiosamente, como se fosse apenas uma "preguiça do cabelo"), somos serzinhos infelizes, à procura incessante de algo para fazer "na companhia de pessoas que possam reafirmar a nossa condição de pessoas parecidas com essas pessoas".

A boa quase sempre é complicada, suja, pequena, com um serviço terrível, no frio, numa rua com cheiro de resto de feira, não tem nome, não tem entrada, não passa táxi, o Waze nunca ouviu falar, você tem certeza que é perto do Ceagesp, mas talvez seja Bixiga ou Barra Funda. Não, para tudo: Sala São Paulo! A gente sempre acha que é perto da Sala São Paulo, e não é. E um tiozinho do crack sempre está na espreita do momento em que esmurraremos o volante: "mas onde é que fica essa merda de lugar?". Não, ele não quer te assaltar, ele quer dizer "entendeu por quê?".

O centro: esse lugar maravilhoso para admirar durante o dia via transporte público, visitar museus, prédios históricos. Mas o falso *hipster* (e todo *hipster* é um falso *hipster*) quer saber como estacionar sua Pajero às duas da manhã no cantinho esmegma da hora. Ele quer saber se o *valet* deixa no estacionamento ou na rua. A menina ao lado pensa: "não era mais fácil jantar a pé no Charlô, que porra esse coxa tá inventando, se nem blindado esse carro é?". Nosso coraçãozinho pede "desencana dessa lama e 'bora' curtir um seriadinho embaixo do cobertor". Em mais de trinta anos a boa sempre se mostrou uma grande patuscada com toques adocicados de dor na lombar e privadas impraticáveis. Você demora duas horas pra achar o lugar, meia hora cada vez que quer mijar e de vida útil feliz ficam aqueles cinco minutos em que "parece que a coisa agora vai". Vai para onde? O que é ir? Que coisa é essa? Por que saímos de casa, pelo amor de Deus?

    A modelete sempre vai embora com o diretor de cinema, que sempre vai dirigir pior que o seu amigo artista, que nunca vai dirigir nada além daquele curta sobre "o nada". A gatinha louca coque gigante bracinho fino com peitão tá te dando mole. Mas ela também tá dando mole pra uma menina louca coque gigante bracinho fino coxas à mostra. Elas vão juntas passar batom. Você achando que estava numa quebrada em Berlim com promessas de suruba desenfreada, mas está na hora do recreio do Vera Cruz. Quinze minutos na boa e você já começa a desejar fortemente a sua cama quentinha.

    Sim, é AQUELE escritor. E ele está com aquele artista. Devem estar falando de coisas muito sombrias e eruditas... Eles estão olhando a bunda da modelete que está indo embora com o diretor de cinema e a gatinha louca coque gigante que está rodopiando como um peão prestes a desmontar, enquanto comentam como pode aquela cerveja custar tão caro só porque é lugarzinho da moda. "Que se dane!" Como se fossem superiores a nós, que estamos no lugarzinho da moda. Mas se eles também estão lá! Depois deles, sobram os WANNABE. Toca o alarme: hora de ir embora.

"Evite ser visto com eles" deveria ser campanha pública. Dengue é fichinha perto da humilhação que é, em São Paulo, "andar com gente que quer andar com gente".

Mas você ainda não está pronto para desistir. Vai que essa boa é finalmente THE ONE. Vai que todas as boas existiram apenas para te levar até esse momento. Vai que por trás daquela porta modorrenta de um galpão terrível tenha uma escada medonha que leva a um subsolo medíocre e, chegando lá… E você, mesmo maduro, mesmo tendo Now, Netflix, AppleTV americana, cônjuge, aplicações, linhaça moída, frango Korin, você não se aguenta e vai tentar descobrir qual é a boa.

O que eu queria ter dito

Hoje, ao desejar sucesso para meu marido, o que eu gostaria mesmo era de ter dito "é complicado ter tesão por uma pessoa que não me ajuda a resolver o problema com o vazamento na área de serviço". Ao dar bom-dia no elevador para uma senhora desinchada e, portanto, aparentemente bem resolvida de intestino, o que eu queria mesmo era ter dito: como você lida com o fato de a tâmara parecer uma barata açucarada? Me contive, claro. Depois, ao atender minha mãe, o que me atrasou para a reunião, eu gostaria de não ter ficado em silêncio por dezessete minutos, ouvindo a mesma história de ontem, e sim ter imitado uma britadeira elétrica por dez segundos e desligado. Não tive coragem.
Ao chegar ao trabalho, cruzei com Sarinha. Sarinha tem vinte e sete anos, e eu tenho uma tara específica por seus joelhos. O joelho da mulher com quase quarenta, meu caso, tem a pálpebra caída. Eu sei que isso não faz sentido, mas é o que eu diria ao meu joelho, se tivesse a cara de pau de lhe dizer a verdade. O joelho de Sarinha é aquele olhar aberto, quase esbugalhado. Sarinha, posso me ajoelhar agora e mordiscar suas patelas? Me empresta um me-

nisco para amortecer a dor de ser diariamente nocauteada pela sua juventude? Fala cartilagem e colágeno no meu ouvido? Travei e apenas balbuciei "hoje o dia promete", e dei aquele suspiro clichê de "a vida não é fácil". Fingindo tensão cervical, ela concordou. Atenção, marido, mãe, pai, bebê, a verdade é que nunca sei, lá no fundo, se não gosto também de mulher.

No Facebook, se eu tivesse mesmo atitude, faria um daqueles banners com corações cor-de-rosa e escreveria "sobre o mundo: não me importo tanto assim". Sabe, redes sociais, eventos sociais e biscoitos Club Social: a real é que estou chocada com a censura, abalada com a política, arrasada com o terrorismo, mas tenho "mais uma tentativa de nunca morrer" agendada às cinco. Essa obsessão pela pele, pelo fígado, pela bula. A minha derrocada, a minha falência, é o que na verdade toma profunda e exclusivamente meus pavores. O egoísmo num banner, em caixa alta, só isso.

Esse restaurante arrogante caríssimo metidíssimo é um engodo, um lixo, é o que eu gostaria de cuspir, pichar com a minha bile, em vez de pertencer ao clubinho dos obcecados por engolir "o novo point". Pra que cacete agora existem essas lojas que você vê a roupa, experimenta a roupa, mas na hora de comprar "só vendemos pela internet"? O Sérgio Mallandro é o gerente dessa porra? Por que quando eu falo "ai, que dor na lombar, que azia" tem sempre uma fadinha de Deus que aparece, de um bueiro alado, e fala "ah, mas você vai sentir tanta saudade". As mulheres confundem amar o filho com "venerar cada segundinho da úlcera gástrica que o constante vômito da gravidez causa". Gata, isso não é ser boa mãe, isso é ser trouxa. Podemos nos unir em nome da extinção do "iiiissoamm"? Sabe quando você pergunta algo pra menina que fez curso pra te vender algo com muita simpatia e ela responde "iiiiissoammm"? Podemos fazer uma passeata nus na Paulista pelo fim da positividade solar debilmente alongada por exploradas vogais e consoantes nasais? Não curto Paul Auster, tiramisu, Wong Kar-Wai, Rio de Janeiro, *Game of Thrones* e festa de Ano-Novo. Eu não estava mal, eu só não gosto de você o suficiente para assumir que estou bem o suficiente pra sair de casa.

Meu primo é de (extrema) direita

Tenho esse primo, onze anos mais velho que eu. Crescemos juntos, alucinados pelos "tatus-bolinha" do jardim da casa dos meus avós. Sabe esse bichinho? Que ora é tatu e ora, principalmente se você o provocar, resolve dar um tempo de tudo e vira bolinha? Enfim, toda lembrança boa da minha infância tem lá a figura divertida, magra, alta e doce do meu amado primo: ele lia historinhas pra mim (depois que nós as inventávamos juntos), afinava a voz pra fazer o papel de uma professora histérica que me dava zero em matemática, deixava que eu o maquiasse, passasse batom, colocasse flor em seu cabelo. Nós tínhamos uma tartaruga, a Livia, e descobrimos, anos depois, que se tratava de um macho. E tínhamos um gato vesgo, o Billy, que me dava tanta alergia que eu espalhava lencinhos com meleca por toda a casa — mas meu primo não se incomodava, até me ajudava a assoar o nariz. Um dia pedi que ele fizesse um furo na parede do meu quarto, para que eu tivesse um portal secreto para o quarto dos meus pais. Meu primo, que fazia tudinho que eu pedisse, não pensou duas vezes e pegou a furadeira, detonando, ao mesmo tempo, a privacidade (e a coerência) de dois cômodos. Ele ficou proibido, por algumas semanas, de vir brincar na minha casa. Foram os piores dias da minha vida.

Hoje, com quase cinquenta anos, meu primo virou um tiozinho reclamão, pão-duro e, por escolha própria, ocupado apenas de suas plantas. Ele não suporta ninguém muito tempo em sua casa porque "as pessoas enchem o saco, comem, sujam, demandam coisas, falam merda". Virou aquele tipo de homem que a gente esculacha sem dó nas redes sociais, tem certa aflição de receber em festas (principalmente se ele desatar a falar e tiver mais gente por perto) e transforma em personagem de eterna chacota enojada quando quer dar exemplos de como ser machista e preconceituoso. Vira e mexe ele posta coisas como "ninguém mandou vestir aquela roupa, àquela hora da noite" ou memes terríveis que comparam uma mulher decente com outra considerada vagabunda.

Agora, quando meu querido primo, que representa tanta delicadeza e beleza na minha história, que ama (ou amava até pouco tempo) os animais, a natureza, as crianças, as músicas clássicas e os livros de amor... quando ele abre a boca, eu só desejo virar bolinha, assim como a mascote mais adorada da nossa infância, e dar um tempo de tudo. Não consigo deixar de amar essa magnífica e adorável figura paterna, mas está puxadíssimo ter prazer em qualquer conversa. O que vocês fazem com os tios, primos, parentes em geral que acreditam nunca ter existido a ditadura? Que batem palmas para declarações como as do tal Mourão gauchão? Que falam coisas como "já tá rodada", "é pobre, mas é limpinha" e "deu sorte, a filha nasceu clarinha"? Que acreditam realmente serem os gays uma afronta séria e direta à vida das pessoas de bem? Que conseguem pescar dos discursos do Bolsonaro, do Crivella e do Feliciano "muitas coisas boas"? Que assistem com gosto aos programas da tarde que mandam "dar porrada e tiro pra pôr ordem na casa!"? Que postam aquela foto de artistas se divertindo numa praia carioca com uma frase tosca que é mais ou menos assim: "Depois eles dizem que a ditadura foi a pior época...".

O que você faz com os parentes próximos queridos (porque já foram, em tantos anos e risadas e lamentos, psicologicamente misturados ao seu sangue) que resolvem, por falta de leitura ou de um pouco de arco-íris na massa cinzenta, personificar em carne e osso, dentro da sua família e da sua casa, o pior da opinião do leitor deste jornal?

Perdão, rapazes

Ontem esquentou um pouco depois do almoço, e fui até a padaria comprar um sorvete. Eu estava com um vestidinho desses curtos e leves, de ficar em casa, sem sutiã, e percebi que bastava meio ventinho primaveril para que eu ficasse seminua. Primeiro, como boa hipocondríaca, senti medo de "tomar friagem", mas depois lembrei daquela turminha genial (ironia), mais conhecida como "um em cada três brasileiros", que declarou considerar culpada a mulher que sofre um estupro. Pela lógica dessa gente gritantemente provida de intelecto (ironia), se um raio cair na minha cabeça, a culpa é minha por ter cabeça. Se um tubarão comer minha perna, a culpa é minha por ter perna.

A natureza do raio é ser raio, a do tubarão é ser tubarão. Seria então a natureza do homem violentar mulheres e, portanto, caberia a nós, moças honestas que abrem mão de um estuprinho no fim de tarde, só usar moletom GG do Lakers? Um em cada três brasileiros acha que sim. Ou seja, muitas mães acham que sim, muitos pais acham que sim, muitas avós acham que sim. A soma disso você já sabe: vem aí mais uma geração de adolescentes achando que sim. Chega a dar desespero.

Tentei imaginar qual seria a cena possível caso eu realmente fosse culpada por sofrer alguma bestialidade naquela tarde. Um digno (ironia) senhor me espera sair da padaria para dar o bote. Me empurra em algum beco e eu então caio aos seus pés, pedindo perdão.

Perdão, magnânimo ser, perdão. Eu não deveria ter saído de casa, eu não deveria usar vestidos, eu não deveria ter seios, eu não deveria ter bunda, eu não deveria usar esmalte vermelho, eu não deveria chupar sorvetes por aí, pra quem quiser ver. Eu não deveria ter nascido mulher. Eu não deveria nem ter nascido. Oh, soberano macho, dono do universo, rei supremo defendido pelas pesquisas e pelas pessoas de bem, queira, por gentileza, me desculpar por ter uma vagina. Nunca mais farei isso!

O nobre (ironia) senhor estava lá, tranquilão na sua vidinha de merda, dentro da sua mentezinha de psicopata de merda, com seus impulsos animalescos desenfreados de merda (porém defendido pelas leis, por muitos policiais e por um em cada três brasileiros), e eu, que nojenta, que vagabunda, que safada, fui justamente atrapalhar a sua concentração em ser um grande merda. Uma mulher jamais deve atrapalhar a concentração de um grande merda, já diria um em cada três brasileiros.

Mas a culpa é minha. Na próxima encarnação eu venho com pau, que é para nunca mais pertencer ao gênero que tanto ultraja e ofende a pacata vida terrestre. Quem mandou sair de casa sem gola alta? Quem mandou fazer as duas piores coisas que uma mulher pode fazer à luz do dia: existir e andar? Agora só me resta pedir clemência de joelhos! E tomar muito cuidado para não pagar cofrinho, pois, segundo um em cada três brasileiros, eu poderia sofrer alguma brutalidade, e a culpa seria minha.

Me sinto mal

Quando eu ainda acreditava se tratar da boca do estômago, marquei uma endoscopia para uma gélida manhã de quinta. Mas, na abafada noite de quarta, doía apenas o intestino, então desmarquei. A última vez que passei por esse exame eu devia ter uns dezessete anos. Depois da mais espetacular experiência com uma droga, convidei um dos médicos para dançar e, de saída, confessei, na frente das crianças que aguardavam na sala de espera: "Eu tento perder a virgindade, mãe, mas o pinto do Renato é enorme". Renato era um amigo bobão que eu tinha e sobre quem meu pai dizia "nesse eu confio".
O segundo gastro suspeitou de síndrome do intestino irritável. Achei que o nome ornava com minha personalidade bélica e acolhi com afeto o diagnóstico prematuro. Fiquei semanas evitando tudo o que podia fermentar dentro de meu amado cólon. Tirar feijão foi fácil, já pães e doces foi como passar o verão de 95 sem beijar ninguém. Emagreci dois quilos, mas seguia com dores e visitas constantes ao quartinho de banho. O clínico geral (que NUNCA me examina, o que me perturba demais, pois ele é indiscreta-

mente bonito) me pediu exame de fezes. E, quebrando o clima até o próximo cometa, explicou as etapas do parasitológico: "Num dia você colhe as fezes, o outro dia você pula, no outro você colhe as fezes...". Então era só isso? Era só parar de comer salada em restaurantes duvidosos e seguir com a vida? Tomei um "mata de vermes a dores de amor" e fiquei ótima. Maravilhosa. Por umas seis horas. Até começar tudo de novo.

O quarto médico suspeitou de intolerância à lactose, mas só de ouvir essa frase já entortei a face (apenas a parte sem botox) para o lado esquerdo, num muxoxo entre o cínico e o arrogante: "Não me venha com essas modinhas". O "três diplomas na USP" se ofendeu e usou o argumento "choque anafilático", encerrando minha preguiça em ser, assim como você, só mais um humano. Uma garrafinha inteira de um troço todo "lactosento" em jejum? E ainda tirando sangue sem parar? Coloquei no Google "exame de intolerância à lactose dá hipoglicemia reversa?". E caí em dezenas de fóruns discutindo o exame. Coloquei no Google "exame de intolerância à lactose dá enjoo terrível"? E caí em dezenas de fóruns discutindo o exame. Coloquei no Google "exame de intolerância à lactose dá diarreia macabra"? E caí em dezenas de fóruns discutindo o exame. Enquanto eu tentava entrar em um acordo com a minha fobia extrema de "passar mal fora de casa" (seja lá o que isso queira dizer), entrei em dezenas de fóruns sobre "fobia de passar mal fora de casa". E nisso foram noites e noites.

Na manhã do teste de intolerância, me dei conta de que eu já estava sem derivados de leite havia semanas. Me privar de queijos, vulgo arrasar com a minha vida, já estava na dieta do primeiro médico! E eu continuava a me sentir muito mal! Desmarquei o exame.

O endocrinologista acreditou no estresse. Estresse é sempre a opção que sobra depois que você já fez todos os exames ou, no meu caso, desistiu de fazer todos os exames. Estresse é o que sobra quando a virose e o laboratório Fleury (quando abandonei o Tatuapé rumo ao centro expandido, ainda menina e cheia de sonhos, bradei aos céus: nunca mais Delboni!) já não dão mais conta das perguntas. O psiquiatra chamou meu mal-estar de "um vício, uma adrenalina". Já que eu não saio de São Paulo, uma boa diarreia no pilates seria a minha única aventura, o meu "mochilando pela Ásia". Quando, por fim, o proctologista me explicou como funcionava a colonoscopia, eu fiquei boa.

Funcional

No meio do papanicolau, meu ginecologista, casado há mais de trinta anos, me perguntou quando eu pararia com os romances frugais e teria um filho, uma família. Ele, me escavando por dentro, disse a seguinte e maravilhosa frase: "Tem que tomar cuidado para não acabar sozinha". Saí de lá com uma receita de antidepressivo e uma aula sobre o que é ser funcional. Pessoas funcionais não "acabam sozinhas", ele disse.
No gastro, meses depois, aconteceu algo muito parecido. Eu queria todos os remédios do mundo para queimação, azia, refluxo, mas ele queria apenas saber o motivo de "uma moça bonita dessa idade não estar casada e com filhos". Eu expliquei que família é essa entidade que planeja "onde vamos passar o Ano-Novo" com oito meses de antecedência e que tudo nessa frase me apavora. Saí de lá com uma receita de antidepressivo e uma aula sobre o que é ser funcional. Pessoas funcionais não têm fobia de comemorar o Ano-Novo em praias da moda com milhares de outras pessoas funcionais que, quase sempre, só conversam coisas meio tolas e da moda. Conversar coisas tolas, inclusive, faz um bem

danado e, por isso, é umas das prioridades dos funcionais. O funcional tem como base fundante estar bem. Se você tem como base fundante estar mal, você não é um funcional.

Quando digo a qualquer psiquiatra que "não curto exatamente viajar" é como se eu apertasse o play de uma música chata, um hit de verão, com um único refrão que diz: au-au-au você não é funcional! Pessoas funcionais amam viajar, amam juntar uma turma enorme e viajar, amam praias lotadas, estradas e bares cheios. Amam festas de casamento e festas de Ano-Novo e amam, sobretudo, casar e desejar "feliz Ano-Novo" quando é aniversário de alguém.

Pensemos assim: se eu olhasse agora, de cima do meu prédio, e visse um bando de gente, você estaria camuflado ali no meio da manada, com sua armadura de funcional, ou você seria um louco, na contramão, querendo entender sua angústia mesmo sabendo que ela só se chama angústia porque é justamente a parte que não entendemos?

Mas calma. Se você é um pouco triste, um pouco tremelica o peito e dá ânsia, um pouco "só tinha gente chata então fui embora", isso não é você, isso é a sua doença e um remédio pode te curar rapidamente.

Para que ser você se você pode ser eles? Por que seus amigos odeiam o trabalho que escolheram, o cônjuge que escolheram, a vida que escolheram, mas seguem intactos, sem nenhuma olheira de neurose? Porque eles são funcionais. Porque eles, no fundo, nem odeiam nada, você é que acha. Você, que não é funcional, não cabe mais nesse mundo dos médicos formados pela Tradição, Família e Propriedade. Você precisa de remédio. Você precisa casar e ter filhos e trabalhar numa firma e planejar seu Ano-Novo com oito meses de antecedência.

Olhe à sua volta, veja como são todos felizes caminhando com suas famílias em parques. Veja como conseguiram adquirir carros, casas, caixas para organizar tudo. O nome disso é ser funcional. Veja como trabalham como robôs e não se angustiam com o fato de serem robôs que trabalham como humanos. O nome disso, segundo os médicos formados pela Tradição, Família e Propriedade, é ser funcional. Que maravilha ter nascido normal, não é mesmo? Mas não se desespere, é só tomar um remédio e pronto. Você deixa de ser você e se torna o que há de melhor no mundo: mais um ser humano com lista de presentes na Camicado! É muita alegria! Corra agora a uma farmácia e adquira já a sua carteirinha do clube dos funcionais!

Quarta de manhã fui muito feliz

Na última quarta-feira fui insuportavelmente feliz. Eram nove da manhã quando aconteceu e, apesar do estranhamento, deixei rolar. Estava calor e minha varanda foi invadida por um solzinho que esquentava, mas não deixava a pele manchada estilo "novela *Velho Chico*". Coloquei a cama da minha cachorra ao meu lado e, ao vê-la se esparramar em tons dourados, fui obliterada por uma onda de paz e regozijo tão avassaladora que até meu sarcasmo desistiu de comprar a briga. Acho que fechei os olhos e sorri, mas não contem a ninguém.

Eu estava sem gastrite depois de ininterruptos três meses sentindo facadas na boca do estômago a cada refeição (ainda que fosse um chá de hortelã orgânico). Apesar de contar três pares de tênis sujos espalhados pela sala e de ele ter comprado outro gorro, eu não queria esfaquear meu namorado-esposo pela primeira vez no semestre. Eu não estava com a tendinite macabra que vai da escápula até a nuca me dando enxaqueca e labirintite. Tem também uma dor do lado esquerdo da lombar (meu corpo compensando tanta tendinite do lado direito) que havia desaparecido naquela manhã.

Eu estava lendo *Meu nome é Lucy Barton* (da escritora do espetacular *Olive Kitteridge*) e gostando demais. Eu, provavelmente por ignorância, tenho preferido seriados a livros — e não me perdoo muito por isso. Fico muito feliz quando gosto de um livro a ponto de passar dias sem ligar a televisão. E mais ainda quando um livro narra as insociabilidades e obsessões de um personagem e não vinte páginas de uma árvore outonal frondosa e resplandecente que compõe o cenário de uma cena misteriosa que acontecerá quando você já tiver desistido do livro e colocado no mais recente e genial seriado da Netflix ou da HBO.

Comprei uma caixinha de som que funciona por bluetooth, e amigos me deram dicas maravilhosas para ouvir no Spotify: Zaz, The Jam e Jun Miyake. Fiquei tão comovida que arrisquei passinhos de dança enquanto amassava uma banana. Era uma manhã tão abençoada que, talvez (temi confiar tanto e depois quebrar a cara), eu não tivesse nem azia.

Fiz o checklist das desgraças usuais e estava com nota boa em todas. Dez dias sem brigar com a minha mãe apesar de tanta tentação, vinte dias sem brigar com nenhuma empresa apesar de a NET me deixar louca, quase um mês sem atrasar a entrega de nenhum roteiro, quatro dias sem desejar ebola para nenhum diretor financeiro de produtora de cinema, uma semana sem querer sair nua na Paulista com o cartaz "como é que os planos de saúde conseguem ser tão escrotos com os idosos?", oito horas realmente aceitando as dificuldades impostas pelos rodamoinhos do meu cabelo e um mês e pouco sem pegar a virose da semana. Meu bruxismo não tinha no que se agarrar e fiz até uma selfie do que seria um esboço do meu maxilar sem impulsos assassinos.

Abri meu *mat* de pilates e pensei que agora me cuidaria muito. Seria equilibrada sem precisar de remédios e engravidaria com a coragem dos que seguem apesar de um amor tão abissal. Teria uma família apesar do pavor de virar uma tia gorda reaça com varizes e recalques. Talvez eu faça uma viagem amanhã e me aventure e me sinta sempre muito calma e corada. Talvez eu ande nas ruas sem recear tanto por minha carteira, minha vagina e meus poros. A vida é boa, gente! Quando deram nove e meia, uma gravação da Hortência, do basquete, tentou me vender ômega 3 pelo telefone. Voltei ao normal.

Quem vai ajudar o vovô?

Tenho apenas uma tia que mora perto de vovô, no interior, mas ela sofre de esporão nos dois pés. Tem sessenta e dois anos, mas resolveu ter noventa desde o Natal passado, quando percebeu que ser muito doente e muito velha e muito impossibilitada era sua única salvação: considerando que ela é a única (e mais jovem) descendente de vovô que mora perto de vovô, a velhice de vovô sobraria só para ela (que já era velha demais para se ver com essa sobra).

Acontece que vovô precisava vir a São Paulo fazer uns exames, então durante vinte e sete dias a família, em vez de resolver a questão mais urgente que é a saúde de vovô, discutiu se isso era problema de minha tia que estava próxima para trazê-lo ou de meu tio paulistano, que estava próximo para recebê-lo. A estadia de vovô em São Paulo é problema de quem pode levar ou de quem pode receber? Eu argumentei, no grupo de WhatsApp da família, que era, igualmente, responsabilidade dos dois lados, e foi então que minha vida virou um inferno.

Minha tia do interior me ligou para explicar toda a limitação locomotiva causada por seus esporões. Em seguida meu tio paulistano me ligou para explicar os motivos que o levavam a crer que os esporões da irmã eram mentira. Minutos depois, me ligou novamente minha tia para se defender pois ela estava pressentindo que meu telefone ocupado só poderia querer dizer uma coisa: era meu tio falando mal dela pra mim. Meu telefone fixo tocou, e era meu tio continuando a conversa, relembrando que minha tia mente desde criança, era uma doença... essa sim real. Um escutou a voz do outro, em diferentes aparelhos de comunicação, e resolveram ligar, quase ao mesmo tempo, para a minha mãe e falar mal de mim. Eu gostava de ver o circo pegando fogo e ficava alimentando a discórdia entre irmãos que só pretendiam ajudar o vovô.

Vovô, que está doente, deveria ser o assunto mais urgente, mas durante dias minha mãe me ligou para sair em defesa de minha tia que, de fato, segundo mamãe, sofre com os esporões "e não é brincadeira o que limita uma vida, seu tio não entende porque é machista"; e minha tia, irritada com a súbita defesa de minha mãe, que nunca a defendeu para nada nessa vida e "é uma puxa-saco do seu tio", resolveu achar que era falsidade e que na verdade todos estavam ao lado de meu tio formando um complô contra ela: "A vida inteira foi isso, todos contra mim!".

Depois de pensar muito (sobre como ajudar todos e, ao mesmo tempo, me livrar de todos) cheguei à seguinte solução: minha tia do esporão iria de carro, com o enfermo vovô, até Campinas, metade do caminho entre sua casa e a minha. Eu buscaria vovô em Campinas e o traria pra minha casa, onde ele descansaria um pouco antes da bateria de exames. Minha mãe então o levaria até Moema, metade do caminho entre Perdizes e o Morumbi. E meu tio então assumiria vovô, ficando com ele todo o tempo necessário no hospital.

Meu tio não topou: dormir no hospital é mais perrengue do que dirigir do interior até Campinas. Minha tia não topou: preferia dormir no hospital, que é a coisa mais segura do mundo, a se arriscar numa estrada, considerando que ela tem esporão nos dois pés. Minha mãe não topou, Moema é um bairro muito difícil de achar. Eu não topei, vovô não teria mesmo onde dormir. Vovô fez os exames no hospital do interior e está tudo bem. Ontem mandou uma foto de uns vinte anos atrás, com toda a família reunida, e a mesma conclusão foi geral: "Precisamos nos ver, poxa!".

Sexo sem amor

Em outubro de 2012, lembro de ter dito à minha analista como eu estava madura. Eu agora podia fazer sexo sem amor! Era um homem bonito, mas algo do seu rosto me incomodava: talvez o grande zigomático fosse grande demais. Tinha uma voz rouca, mas, por causa do catarro seco dando gravidade a tolices, eu sabia que não me apegaria. Tinha um cabelo bom de enfiar os dedos, mas, pela necessidade de se mostrar com extrema mobilidade urbana, fedia a rua.

Algumas semanas depois que transamos, eu tinha tanta certeza de que não estava apaixonada que o chamei para almoçar. Eu queria, à luz das transparências e cruezas, olhar bem no fundo dos seus olhos, com o mais profundo dos meus, e dizer ao cosmos: "Veja como posso ter uma ótima noite com um homem bacana e não esperar nada!". A verdade é que nem tinha sido tão boa nem ele era excepcional. E eu nem lembrei de olhar muito para a cara dele, estava mais preocupada em comer e seguir com a vida.

Aconteceu que alguns meses depois, não tendo mais notícias suas, senti saudade da mágica sensação de minha gritante maturidade. Senti falta urgente e dilacerante da certeza libertadora de poder jantar com um homem tão sensacional, cujo beijo avassalador tinha cruzado para sempre as fronteiras do desenho da minha boca — e não sentir nada. E quis, apenas para possuir novamente tamanho poder, tê-lo por perto e, então, negá-lo. Faltando poucas horas, ele desmarcou. Experimentei a sensação de algo como um cano de pistola indo do meu ânus até a goela, mas, lembrei, estava tudo bem, porque agora eu era muito madura. Agora eu podia me esfregar nua em um homem tão gostoso e interessante, sem esperar nada nem dele nem do fato de ter sido tão maravilhoso. Até porque eu nem tinha ficado totalmente nua e nem tinha dado tempo de me esfregar muito. Ele definitivamente não era tudo isso e boa é a memória da gente, os homens são sempre médios.

 Passado um ano e quatro meses, alguém me contou. Então aquele homem razoável com quem eu tinha transado uma única e esquecível vez se casaria? Tive vontade de vomitar todo o café da manhã e me jogar no chão para ver se com o impacto o oxigênio voltava a circular normalmente, mas podiam ser apenas gases e/ou sinusite. À noite eu ainda estava pensando nisso e continuei pensando nisso por muitos dias. Pensei nisso por ininterruptos sete meses. Foi quando decidi que, para ter mesmo certeza da minha indiferença, precisávamos transar novamente.

 Acabado o ato do amor — e, perdão, escrevi "amor" apenas pra ser cínica —, nos despedimos com certa frieza, que, por conta de minha maturidade e vida atribulada, não me doeu em absoluto. Era então certeza que consigo transar com um homem lindo e genial e com essa voz espetacular e não sentir nada. Até porque todos esses elogios são piadas. Ele era meio gordo, tinha voz de velho cansado e só sabia replicar frases célebres de intelectuais mortos. Não é o tipo de sagacidade que me pega.

 Ontem o encontrei com um bebê no colo, andando pela rua Harmonia. Tive vontade de vomitar todo o almoço e bater com a cabeça no asfalto para ver se com o impacto minha pressão voltava ao normal. Mas podiam ser apenas AVC e/ou sinusite. Desejei dizer: eu amava tudo em você e estou falecida de ciúmes brutais todos esses anos. Mudaria de país e de cabelo e de signo por você. Mas, como tudo isso seria de um sarcasmo descomunal, apenas dei seta para a esquerda e digitei "jazz" no Spotify. Cantarolei.

Só quando o bebê der certo

Bia mostrou o teste de gravidez para o marido e, não se contentando em dividir a notícia com o responsável, fotografou o pequeno display que dizia "2 a 3 semanas" e buscou no celular grupos familiares e de amigos. Foi quando ele segurou seu braço, bastante alarmista: "Não vamos contar pra ninguém até esse bebê dar certo".

O primeiro ultrassom era uma bolha dançante com um coração que batia forte e decidido. Então está vivo, vingou, deu certo? Ah, faltava muita coisa ainda, e Bia era obrigada a dizer "tudo igual" quando lhe perguntavam sobre novidades nos almoços, reuniões e elevadores.

Enjoo era "um bom sinal" segundo o médico, e Bia saía do banheiro, descabelada e abatida, com a esperança de que aquelas horas entre semidesmaios e juras eternas de "nunca mais engravidarei" tivessem servido para amolecer o marido. Ela olhava para ele, implorando. Ele apenas balançava negativamente a cabeça.

Meses depois, exames de sangue e um demorado transvaginal diriam a quantas andava o desenvolvimento de pequeninos órgãos de poucos centímetros, e os resultados foram excelentes. Bia se contorcia: "Posso contar agora?". Mas seu marido seguia blindado pela crendice popular "espere até o bebê dar certo". Cresceram cabelos, unhas e acho que viram até um joinha no último exame de imagem. O bebê cresceu, chutou, virou de ponta-cabeça e nasceu com mais de três quilos e meio. Ninguém foi à maternidade, ninguém os visitou em casa. Eles tinham que esperar o bebê dar certo.

Aos cinco anos de idade, Marcelinho já contava histórias completas que ele próprio inventava, percebia quando a mãe estava triste e não desistia até que suas palhaçadas a fizessem gargalhar. Era uma criança que apreciava legumes, guardava os brinquedos de volta na caixa, pouco chorava e dormia como um anjinho. Bia não suportava mais: pelo menos os avós precisavam saber da existência daquele neto tão maravilhoso! Pelo menos Lia, a irmã de Bia, que estava grávida e toda metida por ser a única a dar um rebento para a família. Mas eles precisavam esperar o bebê dar certo.

Marcelinho passou em primeiro lugar na faculdade de medicina. Se especializou neurologista. Concluiu, ao mesmo tempo, dois doutorados em países diferentes. Se tornou um dos mais respeitados neurocirurgiões do Brasil. Salvou a vida de presidentes e moradores de rua. Deu uma casa com sistema inteligente de luz, som e ar-condicionado para os pais. Os presenteou também com iPhones de última geração para que monitorassem o sistema inteligente com apenas um deslizar de dedos. E dona Beatriz, de joelhos, no dia em que o filho completou quarenta e cinco anos, pediu encarecidamente a seu esposo: podemos contar para as pessoas da minha gravidez? Ele quase se deixou levar pela dramaticidade do momento, mas achou melhor esperar o bebê dar certo.

Doutor Marcelo tomou a decisão de não conceder mais tantas entrevistas a jornais e programas de televisão, isso lhe roubava o tempo com os pacientes. Conheceu uma pediatra gente fina e decidiram doar aos Médicos sem Fronteiras todo o dinheiro arrecadado com a lista de casamento. Depois da fertilização, tiveram um casalzinho de gêmeos que era a alegria dos avós. As aulas em Harvard eram cansativas, mas ele fazia questão de levar a família toda de executiva.

Quando o esposo de dona Beatriz faleceu, ela tentou avisar, aos poucos parentes e amigos ainda vivos, que cinquenta anos atrás esteve grávida de um bebê que tinha dado certo. Só podia estar gagá.

Nossa, como você tá magra!

Sofro de um pequeno distúrbio alimentar. Não chega a ser uma bulimia ou uma anorexia. Mas, como me explicou o médico, também não podemos tratar a parada com o reconfortante "isso não é nada". Emagrecer oito quilos em poucos meses sem fazer nenhum esforço (aliás, fazendo o esforço contrário, para engordar) provavelmente é o sonho de noventa e oito por cento das mulheres. Mas eu posso garantir: a próxima pessoa que me falar "nossa, como cê tá magra" vai ganhar uma cotovelada no queixo. Desde criança a ansiedade aniquila por completo a minha fome. Não o tempo inteiro, não toda vez que fico nervosa, não todo ano, mas o problema sempre volta. E eu emagreço até dez quilos sem precisar imprimir nenhuma página de blog de regime. Sem precisar ir a nenhum charlatão da dieta suprema que apareceu no *Fantástico*. Sem perder nem sequer cinco minutos numa esteira. E você aí comprando chia desesperadamente para misturá-la com mais chia, eu sei.

Uma hora antes da minha mesa na Flip, uma amiga me encontrou e me abraçou. Achei que ela fosse falar algo como "arrasa, miga", mas ela disse "tô te segurando pro vento não levar". Tive vontade de chorar, de desistir da Flip, de decretar o fracasso completo em me tornar uma adulta. Foi quando decidi que chega. "Apaporra" todo mundo! Olhar um prato de macarrão como um inimigo mortal porque a goela está esmagada por um cérebro apitando pode ser tão horrível quanto atacar uma quantidade insana de açúcar na madrugada. Não é só o amigo gordinho que está cansado de tanta percepção estética dos convivas, eu também estou com o meu saco na lua. Deixem a porra da minha calça 36 (estava no 34, mas estou melhorando) em paz.

"Nos-sa, que ma-gra, me dá essa di-ca?" Dou! Claro! Sete meses de síndrome do pânico, que tal? "Cuidado pra não explodir de tanta comida", é a piadota recorrente quando volto da mesa do self-service. "Algum problema com o prato?" é o que o garçom questiona quando deixo metade da carne. "Vai acabar doente" é o que um parente acima do peso sempre diz. "Só mais um pouquinho" é o que meu namorado sempre pede, às vezes fazendo aviãozinho. Isso todo dia, quatro vezes por dia, há anos, desde sempre. Eu dou risada, levo na esportiva, antes esquálida que obesa, né? Não. Por dentro estou inflada de pavor e tristeza.

Parece ofensivo em um país com tanta gente passando fome, parece "tapa na cara da sociedade" quando coloco uma miniblusa, parece provocação nos eventos, quando as colegas que acabaram de parir me olham com tanto ódio que elas mesmas acabam, sem perceber, tentando enfiar a palavra "perdão" em alguma frase sobre promoção de sapatos. Mas perder o apetite, e aí temos uma palavra "guarda-chuva" para umas 675 coisas boas da vida, pode ser tão solitário e assustador quanto ter, no ginásio, uma bunda do tamanho de uma mesinha de centro de novo-rico.

Agora piorou. Voltei a tomar o remédio que me faz querer comer doze sanduíches mesmo depois de almoçar, misturando tudo com doces e balas e chocolates e magnésia bisurada. Daí tem sempre um desgraçado que me vê comendo com tanta luxúria e pergunta se sou "magra de ruim". Ruim é o papinho das pessoas em geral. A conversinha das festinhas em geral. E a meditação, coitada, já perdeu pra tarja preta faz tempo. Só existe felicidade no alto de uma montanha se o helicóptero do plano de saúde chegar, diria algum monge realmente sábio. Eu queria ir para um resort de loucos descansar de tanta gente saudável falando merda na minha orelha o dia inteiro.

Casamento não é spa!

Estamos em 2016, mulheres já fazem balizas, empresas, motins, aplicações e livros melhor do que os homens. Mas, uma vez dentro de um relacionamento, não importa se você trabalhou catorze horas e acabou de voltar de uma ponte aérea cansativa, ele sempre vai ter o impulso de olhar para você, algo entre o infantil e o feudal, e perguntar: "O que tem para comer?".

Mesmo você não sabendo cozinhar, mesmo a mãe dele não sabendo cozinhar, mesmo a ex-mulher dele não sabendo cozinhar, mesmo a próxima mulher dele não sabendo cozinhar, ele segue te encarando como se fosse muito óbvio que você, apenas por ter uma vagina, saiba fazer algo a respeito da fome alheia.

Talvez pão, queijo, ovo, peito de peru, tomate, massa seca, frango congelado, essas coisas que sempre tem. Abra a geladeira e procure. Faça. Peça. Pronto, foi instaurado um problema. Você foi grossa, ele estava apenas puxando um papinho. Então vamos aprender? Como foi seu dia, sua reunião, melhorou sua dor nas costas? Olha só que trio maravilhoso de questionamentos bem melhores do que a constatação tão primitiva "uga buga macho com fome"!

Cientistas ainda não descobriram se é um problema no cerebelo ou no duodeno, mas já é sabido que os rapazes não agem por mal. Existiu um momento na infância, promovido talvez por uma avó ou uma babá, em que ele apenas chorou e um sandubinha quente com suco veio parar no seu colo. A esse momento ele chamou de supremo amor feminino. É preciso perdoar. Ou não.

Casamento não é hotel, rapazes. Não é spa nem férias. Você não cansa da libertinagem e vem dar um tempo em uma pousada maravilhosa chamada "casa da minha mina". Você não pega bode do seu apartamento sem forno, sem mantinhas e sem gavetas recheadas de biscoitos e vem passar uns anos num Roteiros de Charme chamado "mozinha, pega lá pra mim". Se você se apaixona pela quantidade de estrelas em quesitos de hotelaria, algo de errado está acontecendo com seu discernimento.

Ah, você rala o dia inteiro e ainda tem que continuar se esforçando quando chega em casa? Exatamente! Parceiros são seres humanos, e não serviço de quarto. Vai ter que fazer supermercado, farmácia, massagem e aturar o documentário da Chelsea Handler. E talvez ainda seja pouco.

Pode perceber, a maioria dos homens não quer "se aquietar" com a moça que dá mais trabalho. Fulana era o sexo da minha vida. Beltrana tinha uma conexão intelectual muito forte comigo. Sicrana me fazia rir o tempo todo. Mas a Belzinha, ah, a Belzinha, como me acalma! Belzinha é discreta, entende quando eu sumo dezenove dias, sempre sabe onde está o meu Sorine e faz um risoto de *funghi* que pelo amor de Nossa Senhora! E então, achando que se trata da tocha olímpica da luxúria, o mimadão decide dar à Belzinha, depois de percorrer o Brasil, suas meias azedas. Que grande destino vitorioso a vida reservou para essa moça!

Mas o lance é que pequena Bel vai dormir e... como explodem as mensagens no celular desta que vos escreve. Onze entre dez ex-namorados se lembram de mim quando Belzinha se entrega aos lençóis que ela mesma perfumou. Nunca tirei aspirinas, pantufas e lasanhas da cartola, mas algo de certo devo ter feito.

Enfim, fica a dica: é mais fácil comprar a própria canja do que ter que esperar a Belzinha nanar para se sentir vivo.

A família sem linguagem

Era uma casa pequena demais para tanta doença, mas o que seriam das noites em torno da mesa não fosse a rica profusão de mal-estares? Não era a comida ou o amor, mas sim (o absurdo prazer em relatar) o incômodo físico que os mantinha vivos, falantes e unidos.

Dona Nelma sofria de um suco gástrico mordaz que lhe causava amigdalites, aftas e algumas falsas suspeitas de infarto. Seu Alcides tinhas dores espalhadas pelo corpo todo e colecionava médicos e seus diferentes diagnósticos: fibromialgia, neuropatia, artrite reumatoide. Danilinho, o filho mais velho, estava tranquilo vendo TV quando começava a se tremelicar inteiro e ter medo de morrer. Desde muito novo lhe entupiram de anticonvulsivos, mas jamais lhe perguntaram o que ele sentia.

Drica era o ET da família, pois quase nunca ficava doente. Porém, muitas vezes cansada de não receber nenhuma atenção nos jantares, de ser preterida até mesmo pelo idoso e cardíaco cachorro Arthur (recentemente tratando mazelas renais), deu graças a Deus quando seu corpo inteiro foi tomado por manchas vermelhas que ardiam e coçavam. Algumas, para sua alegria, viraram feridas com pus. Drica agora tinha lugar à mesa.

Pobre novela ou *Jornal Nacional*, querendo competir com as manchetes hospitalares e laboratoriais da família Teixeira. Eles salivavam pelo momento mais esperado do dia: a competição "hoje eu tô pior que vocês". Eram viciados no jogo da insalubridade. Danilinho e mais uma tomografia que nunca descobria nada. Seu Alcides e mais uma ressonância inconclusiva. Nelminha e sua descrença nesses médicos "de hoje" que nunca resolviam seu problema. Drica, mangas compridas mesmo no verão, estava no terceiro tratamento e, em seu íntimo, torcia para piorar. A solidão, o não pertencimento, eram piores do que a psoríase, transformada por suas unhas angustiadas em chagas abertas.

O que teria acontecido se Danilinho tivesse espaço, naquela casa, para falar sobre o medo de crescer, o medo de ser bissexual e a necessidade de trancar a porta do quarto, às vezes, para poder ser apenas jovem e não um objeto eterno de afago tóxico de uma mãe que não suportava carregar sozinha o inferno dentro do esôfago?

O que teria acontecido se seu Alcides tivesse feito as viagens que planejou, construído as casas que desenhou, ido embora por alguns dias, com o carro que durante tanto tempo guardou dinheiro para ter? Seus membros talvez não gritassem histericamente pelo peso insuportável da imobilidade, seus nervos não inflamariam tanto, motivados por uma febre raivosa "de tudo que ele poderia ter sido".

O que seriam das tórridas biles descontroladas de dona Nelma se ela pudesse colocar em palavras organizadas (ou em ação despudorada) o desejo de trepar com todo homem que passasse na rua menos com o egoísta descortês com quem divide a cama há mais tempo do que lhe parece tolerável? Que fim levariam as sensações de "facadas na boca do estômago" se ela pudesse empunhar sua arma em objeção às chatices da vida e das convenções, e não mais contra as suas fantasias?

Se a família Teixeira pudesse falar, soubesse falar, tivesse a coragem de falar, o que seria da indústria farmacêutica, dos planos de saúde, da máfia dos mil exames computadorizados e desnecessários, dos médicos ignorantes que tratam carniças e carcaças, e não crianças assustadas em corpos envelhecidos apenas pelo tempo?

Drica passou o rodo na firma e sua única coceira agora é da candidíase. Está bem melhor.

A endoscopia

Há seis meses (na real, há um ano... talvez três... na verdade, não lembro de existir sem uma dorzinha no estômago), tenho todos os sintomas de uma baita gastrite. Tem dias em que uma alface pesa o mesmo que um leitão e outros em que uma pequena mordiscada num chocolate me lembra o haraquiri. A dor reflete nas costas, a boca parece ter chupado mil balinhas de prego enferrujado e meu esôfago acusa forte insolação.

Marquei e desmarquei a endoscopia umas sete vezes. Pensei em fazer a piada "dei o cano no cano", mas resolvi poupá-los. Sempre tinha uma reunião inadiável (mentira), um almoço com alguém que mora em outro país e não sei quando verei novamente (eles sempre voltam no Natal), uma pequena bolinha sinistra nas costas da minha cachorra (alergia a pulga), uma dor de cabeça que me deixava imprestável por dias (ah, vá!). Eu simplesmente não aceitava esse corpo estranho, esse reality show do duodeno, do tamanho grosseiramente preciso de um metro (UM METRO!), entrando pela minha goela, indo até as profundezas do meu aparelho digestivo... E a pior parte: tudo isso enquanto eu, inerte, aceitava a invasão, oralmente deflorada em consentimento mórbido, um seminada, entregue tal qual uma virgem histérica e desmaiada à exploração anorgasmática de minhas cavidades.

Se você parar para pensar — e parar para pensar talvez seja o único exercício aeróbico ao qual me submeto —, não existe nenhuma condição de fazer uma endoscopia. Para começo de conversa, meu amigo, o renomado caninho flexível, por mais imerso em álcool que seja, já minhocou no tobogã do bolo alimentar de muitos desconhecidos. E agora está todo serelepe vasculhando seu estômago. É tipo banheira de motel higienizada: sempre tem um pentelho mandando um sincerão sobre nossa mundanidade, ainda que seja apenas na imaginação.

Fiz a besteira de assistir a vários vídeos no YouTube. Não faça isso. Você sabe o que é endoscopia. Mas saber é bem mais confortável do que ter certeza absoluta. O que os olhos não veem o ânus não sente. A pesquisa cinematográfica me causou tamanho pavor que meu esfíncter atingiu seu menor diâmetro em trinta e oito anos. Nem fé passava por ali.

A anestesista me avisou que se eu estivesse mentindo sobre o jejum de líquidos, o conteúdo voltaria e, não encontrando saída (uma vez que retirada do jogo eu não poderia nem tossir, nem vomitar, nem cuspir, nem gritar), a parada adentraria nos pulmões e poderia me levar a uma anestesia eterna. E eu vou lá saber se estou falando a verdade, minha filha? Em todos esses anos, mentir já foi tão acoplado à minha realidade que talvez, sim, eu tenha tomado uma aguinha antes de sair de casa. Só pra estragar tudo. Ou apenas porque me deu sede. Ou porque beber água é um troço automático pacas e não tem como lembrar ou controlar. Então, façamos assim: não façamos esse exame. Nunca. Jamais. Inclusive já estou curada de tudo.

Você será obrigado a assinar um termo falando em perfurações, dentes quebrados, engasgos, reações alérgicas, sangramentos... Enfim, não passe por isso. Assine sem ler ou deixe a cargo de seu adulto responsável. Pedi abraços aos enfermeiros. Me despedi de mamãe como se fosse uma longa viagem de navio no século XVIII. De repente: acabou.

Se a *Caras* realmente quisesse fazer a capa do casamento do século, estamparia o ilustre e maravilhoso enlace dos pombinhos Dormonid e Propofol. Se alguém nascesse do amor entre esses deuses, seria o fim da psicanálise. Despertei falando: "Eu quero ser mãe". O exame não deu nada.

Faça o autoexame

Hoje, no banho, você vai se tocar. Existe um câncer perigosíssimo rondando este planeta, desde que o mundo é mundo e, infelizmente, ele ataca muitas mulheres. Hoje, de forma rápida e precisa, de preferência nua e embaixo da água quente, você pode detectar esse mal e salvar a sua vida. Descobrir no começo é sempre melhor.

O teste é muito simples. Enquanto você esfrega a cabeça, responda: é um pouco irritante quando a conta chega e ele aceita de bom grado o seu cartão de crédito? Ao descer para o pescoço, seja sincera consigo mesma: é um tanto perturbador quando ele não sabe o que fazer da vida e chora? Uma vez nos seios, não hesite em descobrir a verdade: ele não querer transar porque está angustiado lhe dá vontade de rir? O assunto é machismo. Sim, precisamos combatê-lo. Mas preste atenção nas coisas que você fala, pensa e sente. Será que essa doença tão ancestral quanto destruidora não mora também dentro de você?

Você não está louca "porque é mulher". Você está louca porque nasceu e essa é a única honestidade possível diante da existência. Estamos todos ensandecidos! Dá só uma olhadinha no seu colega, esse mesmo que anda pelos corredores se fazendo de inabalável e mestre supremo do equilíbrio espiritual. Chegue mais pertinho dele e faça alguma pergunta que não esteja no roteiro ensaiado de macho alfa pronto para a vida. Você vai ficar chocadíssima com o show de esquizofrenia. Então, por favor, se tire desse lugar em que todo machinho adora te colocar. Não a cozinha, o corredor da psiquiatria.

Ensaboe com vontade a barriga e repita comigo: você pode ter um dragão fumando crack tatuado na virilha, você pode ter aberto espacate usando saia plissada PP no Natal da firma, você pode chegar a uma festa e não conseguir mais contar nos dedos das mãos e dos pés a quantidade de caras com quem já transou (só esse ano). Isso não significa que você é uma puta. Aliás, não tem problema nenhum ser puta. Existe uma diferença entre ser puta e ser "uma puta", como os caras gostam de falar.

Uma vez eu disse NÃO para um rapaz que me forçava a tirar a roupa, e ele segurou meu braço, machucando: "Cê veio até aqui pra quê, porra?". Entrei chorando e tremendo no meu carro, elaborando uma lista de mil defeitos para mim. Gostaria de poder voltar no tempo e responder: "Eu vim pra socar a sua cara, eu vim pra dar um peteleco na cabeça chucra do seu pequeno pênis". Agora lave com cuidado suas coxas e entenda uma coisa: você não é obrigada a querer nada. Você não é obrigada a fazer nada. E se você estiver nua e cravejada de lantejoulas vermelhas, de quatro, em um chão cheio de gel e disser NÃO, porque isso foi o que lhe apeteceu dizer no momento, o moço, iludido e entumecido, que aceite a dura realidade sem fazer uso de nenhuma força.

Muitas mulheres nas redes sociais, nas reuniões, nos almoços em família estão dizendo que "essa menina estuprada não era nenhuma santa". E onde encontramos santas, a não ser em imagens de gesso ou fantasias ignorantes de "moça para casar"? Hoje no banho, enquanto você lavar a sua bunda, eis uma boa hora para lembrar que, uma vez que movidos a impulsos humanos, somos todos imundos de desejos e dejetos. Não existem santas, mas existem, triste realidade, demônios. Trinta de uma única vez. Lutemos contra eles, mas também contra o ressoar dessas vozes machistas enjauladas em nossas dobras, poluindo nossas crenças. Olha lá aquele monte de culpa indo pelo ralo.

Assédio assexual

Os mais conservadores diriam "ela sai de casa com uma roupa dessas e agora reclama?", os mais machistas diriam "você deve ter feito algo pra merecer isso", mas o fato é que estamos em 2016, e eu gostaria de reforçar o meu direito a usar blusa de lã com gola alta, moletom um tamanho maior, calça saruel e tênis sem ter que ouvir o que eu ouvi.

Ele marcou um jantar. Veja bem: não foi café da manhã ou almoço ou chá da tarde. Foi um jantar. E tem mais: não era pizzaria com luz de interrogatório policial nem mesa compartilhada no Bar Balcão ao lado de artista global fazendo teatro cabeça pra equilibrar o carma. Eram luz de velas, Nina Simone, vinho, a porra toda.

Foi horrível. Ele pegou na minha mão, lá pelas onze da noite — naquele momento em que toda boa moça espera ouvir: "Estou doido de tesão e essa calça tá me matando, não quer ir lá pra casa me ajudar a tirá-la?" —, e disse: "Eu tenho um avô extraordinário e adoraria que alguém escrevesse a história dele".

Achei desrespeitoso, grosseiro, pensei em explicar que não

estava lá para isso, quem ele pensa que é, mas na hora, imobilizada pelo susto, soterrada pela vergonha (a gente sempre acha que a culpa é nossa, não tem jeito), só consegui me sentir muito fraca e com medo. É muito cansativo ter que provar o tempo todo que sou uma mulher bonita com uma vagina quando os homens só conseguem ver livros, roteiros, colunas, vendas e bilheterias. Olha esse decote, benzinho. Espera, vamos discutir aqui o capítulo oito. Sabia que eu tenho um alongamento impressionante e... Você acha que entrega até agosto? O alongamento? Não, o texto.

Estou farta. Talvez eu vá pra Paulista com uma faixa "empoderada eu já sou, agora preciso é ser encoxada no tanque" ou use uma cabeça de Teletubbies com uma camiseta "pare de prestar atenção lá em cima, eu também tenho outras partes do corpo que são bem divertidas!".

Mas o macho branco opressor continuou: só você pode contar a história desse imigrante pobre e lutador que chegou aqui sem ter o que comer e construiu um império. Zzzzzzzz. Deixa eu te contar a história de uma mulher pobre e lutadora que, depois de duas intermináveis reuniões, correu para fazer uma depilação a laser em lugares só alcançáveis mediante posturas bem humilhantes, tirar os pelos do buço com linha (pior dor já sentida em vida) e se besuntar tal qual uma palhaça num maravilhoso e caríssimo óleo de lavanda Weleda. Tudo isso pra gente discutir, vestidos, a saga de um velhote? Hashtag chega de trabalhar! Minha vaidade não suporta mais ser violentada em silêncio todos os dias.

Tentei lutar. Mordi o braço dele, fui contar um segredo em sua orelha e aproveitei para dar uma pequena lambidinha (que tava amarga, homem não sabe lavar a orelha). Ops, caiu meu guardanapo. Ops, desculpa, meu cotovelo encosta em cada lugar. Mas não teve jeito. Ele segurou meu antebraço, aquela mão mole, aquela passividade intragável do intelectual cordial. E riu. Eles sempre riem. "Ah, como você é engraçada!" Ah, se você soubesse como posso ser muitas outras coisas! E usou o argumento que, por fim, mesmo sendo tão ofensivo, sempre me fazia ceder: escreve vai, escreve gostoso, eu pago bem.

A burguesia fede

Há dois meses, frequento uma academia de playboy em Higienópolis. Academia já é um troço meio deprimente e, perdão, outra opção mais barata, com aparelhos vagabundos, quebrados e sem bons professores, me pareceu ainda mais cruel. Claro que prefiro um estúdio de pilates na Vila Madalena (apesar de ter muita preguiça de falso hippie, gente que chega de Jeep falando que só come alimentos germinados, gente que passa o dia postando sobre empoderamento, mas não trabalha ou gente que paga cinquenta mil reais em uma ambulância do Einstein pra poder parir em casa porque é contra hospital). Mas o ortopedista me mandou parar com tanto alongamento cabeça e puxar ferro de verdade. Obedeci.
Em nome de minha sanidade mental, comprei um fone de ouvido wireless, enorme, vedação completa. Tenho sérios problemas com o sotaque de algumas jovens abastadas (principalmente quando em turma). Por que, por Deus, elas falam como se ter a pior rinite do século *and* um curso de debilidade italiana *and* um nabo enfiado no ânus resultasse em uma dicção aceitável (e

sexy?)? Tipo "meeeeu". "Ai â-miii-gahhh." Por que elas falam cáh-sah em vez de casa? Sou obcecada em odiar esse sotaque. Durante o banho, infelizmente, não consigo usar o fone de ouvido e acabo escutando um ou outro papo. Para minha surpresa, nem todas são antas que vivem de selfie e herança, muitas são médicas, advogadas, jornalistas, CEO de empresas. Mas o sotaque é quase unânime. Rico paulistano jovem (ou querendo ser jovem) tem voz de burro, não tem jeito.

Mas esse texto é pra falar de outra coisa. Eu queria pedir a você, pessoa frequentadora de academia de playboy em Higienópolis: não feda. Isso é o mínimo que você pode fazer pela classe trabalhadora. Veja, minhas reuniões começam cedo e vão até bem tarde. Muitos desses encontros me fazem suar frio, pois tenho bastante medo de perder o emprego e não ter como pagar as contas. E ainda assim, quando estou ao seu lado, performando no elíptico ou no aparelho que simula escadas, eu não fedo.

Nunca, nem mesmo na aula de "samba funcional" eu federei. Minha nécessaire tem um maravilhoso desodorante do qual faço uso ao menos três vezes por dia. O nome disso é respeito ao coleguinha.

Mas você, que parou seu carro de qualquer jeito, pegando três vagas, que largou a esteira funcionando porque vive totalmente absorvido pelo esplendor da sua existência, vai lá se preocupar se eu estou verde ao seu lado? Se a minha bile, açoitada com o seu odor de esfirra vencida, está encharcando meu esôfago em refluxos agressivos de inconformismo? Não, você está pouco se lixando se a sua axila aniquilou a salubridade olfativa de vinte metros quadrados.

O cheiro do andar dos aparelhos aeróbicos da academia de playboy de Higienópolis beira a indecência. É flato de quem comeu trinta e quatro ovos no café da manhã misturado a bafo de quem está de regime (aquele bafo de bexiga de aniversário) misturado a sovaco assassino. Vocês nem parecem que estudaram na Faap, votaram no Doria e velejam em Ilhabela! Que feio, galera! Feder e falar como pato sequelado é demais pra minha cabeça.

Talvez sua autoestima bem-nascida lhe murmure: que nobre odor de testosterona em spray! Não, querido, você fede. Talvez aquelas pândegas no Cafe de la Musique tenham tirado suas narinas da jogada. Talvez não seja egoísmo, apenas anosmia festiva. Mas vá por mim, sem o devido cuidado, você fede. E feder, mesmo para quem tem a vida ganha, é a mais escandalosa e vexatória derrota.

Gata, eu não quero ver a sua xota

Gosto desses hospitais que poderiam estar num guia de hotéis três estrelas de Miami. Quanto mais brega, mais eu confio: com salão de beleza e "concerto de piano" na recepção. Só faltam vender "café da manhã incluso também para os hóspedes do quarto standard apêndice". Vejo um médico cheio de doutorado e álcool gel e quase posso imaginar sua cueca vermelha por cima do collant azul. Todo ano fico presa na malha fina do imposto de renda porque ninguém acredita que uma jovem possa gastar tanto dinheiro com consultórios, exames e tratamentos. Eis minha maior (e mais vergonhosa) luxúria.

Apesar de minhas limitações de urbanoide hipocondríaca, respeito, apoio e aplaudo quem escolhe parir nesse esquema humanizado-natureba-doula. Na banheira, na cachoeira, num ritual indígena, num chalé em Monte Verde. A mulher é dona do seu corpo e acho lindo ser espiritualizada, evoluída e *eco-mommy*. Se eu não tivesse nascido tão besta, certamente seria uma pessoa legal.

Mas, sinceramente, já que a pessoa é tão amante da natureza e bacana, por que *cazzo* ela não abre mão também de postar no

Facebook um monte de fotos desse momentinho sanguinolento tão íntimo e pouco tecnológico?

Virou moda! Estou eu lá no "Face" vendo como a namorada do meu ex-namorado é baranga e burra (na minha fantasia) e de repente, pula na minha cara, sem cerimônia ou timidez, uma xoxota arreganhada ao molho sugo parindo uma vidinha.

Custa só postar o resultado? Tudo bem se não tiveram o bom gosto de dar uma limpadinha no bebê, ele envolto em secreções sebáceas também é puro amor. Ser mãe é lindo e seu filho é uma dádiva dos céus, mas... a sua xuranha berrando na minha tela plana de LED retroiluminada é a visão do inferno.

Você quer mesmo que o tio Miltinho de Passos de Itu e a vó Carminha de Serra Negra vejam seus grandes lábios pelo Tumblr? A intenção não era só celebrar a vida do pequeno Zabelê? Sua prexeca sofrida na internet não é celebração de liberdade, é apenas mau gosto. Abraça uma árvore, mas não faz mais isso não, tá?

Recentemente fui à casa de um amigo. Ele veio todo feliz me mostrar as fotos do parto humanizado de sua esposa. Torci com o que me resta de fé na humanidade pra ver um albunzinho fofo e meigo, mas... lá estava ela. A ximbica da mulher dele, pra quem quisesse ver, acompanhada de muita dor, sangue, melecas e posições esdrúxulas.

Tá, você colocou uma banheira de plástico no meio da sala e convidou os amigos mais chegados para curtir de pertinho você com cara de "fodeu, essa porra dói pra cacete". A piscininha virou um marzinho de sangue, mas todo mundo pensou que a vida tem dessas e seguiu comendo as esfirras de verdura. Tudo isso eu acho legal e apoio. O que me mata é saber que tem uma foto com trinta centímetros de diâmetro entre a sua virilha direita e a sua virilha esquerda na minha *timeline*. Pergunto: pra quê? Sério. Eu até gostaria de ver seu filho, mas particularidades tais quais o seu colo do útero dilatado e a sua placentinha são um pouco *oversharing* pra mim.

Se for para brindar com os amigos a sua coragem e seu amor à mãe natureza, fotos escalando montanhas também são cheias de matagais, cavernas e curvas.

P.S.: Antes que alguma fofolete mala pseudossocióloga com profunda incapacidade de interpretação de texto me escreva dizendo que sou contra partos humanizados ou sou machista porque me oponho a genitália desnuda em minha *timeline*, já me antecipo aqui, dizendo: olha, santa, volta pro ginásio, prova de português, pede pra tia Celina te ensinar a ler um texto, não me envergonhe, vai! Não sou contra nada, apenas me dou o direito, tal qual uma xerecaparideira.com, de me expor sem medo de ser infeliz.

O cachorro reaça

Lênin, um lulu-da-pomerânia que foi comprado no shopping Higienópolis por doze mil reais, não consegue se conformar com seu destino. Seus pais, dois jovens intelectuais bem-nascidos *eco--hipsters*, são de esquerda. Se ele pudesse, diria: "Vocês moram nesse apartamento com pé-direito altíssimo, pagam esse condomínio exorbitante, e, em vez de promoverem intensas surubas regadas a pó e vodca Cîroc, ficam lendo e comendo linhaça? Idiotas!".

Lênin tentou mostrar sua revolta mijando, quinzenalmente, na *CartaCapital*. Dando patadas violentas no modem da NET, toda vez que seu dono entrava no DCM ou no *Havana Connection*. Acharam que era apenas carência, que ele queria brincar com o "jacarezinho com apito".

Ninguém naquela casa com sal marinho e couve congelada valoriza a opinião política de Lênin, o cachorro reaça. E ele só foi ficando mais enervado, cheio de coceiras, deixando bolotas de fezes pela casa.

Para acalmá-lo, pensaram num adestrador ativista, numa ração orgânica feita por ativistas, num hotelzinho pra cachorro cujos donos são ativistas e servem rações orgânicas, mas sempre que Lênin escuta "ativistas" ou "orgânico" ele se faz de morto e vai parar no Pet Care do Pacaembu (não se brinca com saúde!). Como Lênin adora! Ele apronta essa de propósito só pra ficar no meio daquela gente cheirosa, como diria sua jornalista preferida! Exame de sangue padrão laboratórios Fleury, ressonância padrão Einstein. Só doente Lênin consegue ter o atendimento VIP que "nasceu pra ter", então ele vive simulando enfermidades.

Indignado quando não ganha gravatinha azul pós-banho (seus irmãos, adotados por pais tão mais legais, até colares Swarovski e sapatinhos usam), Lênin puxa papo com Sapeca, um labrador gente boa, e defende a redução da maioridade penal para oito anos de idade. "Criança é um porre!" Mas Sapeca só chacoalha a cabeça. Pensam que é otite, e lá vai ele aturar pomada com antibiótico. Se soubessem que era apenas lamento pelos absurdos de Lênin...

Lênin, o cachorro que se pudesse iria até o cartório Vampré mudar de nome (queria se chamar Campeão ou Farofa), está tomando remédio para tosse (só está tentando dizer "petraaaaalhas!"). Ele sabe que é um cachorro "da moda" e, por isso, fica fulo quando sua família insiste em tratá-lo como vira-lata. Enquanto não entenderem que ele só quer uma bandana da CBF (porque é contra a corrupção) e um passeio na Paulista, ele segue fazendo "potinhaço" na varanda quando a presidenta aparece na TV.

Seu ódio por cicloativistas é tão grande que Lênin chega a temer que a vacina da raiva não dê conta. Pessoas que gastam mais numa bicicleta do que o porteiro gastou num Corsa usado, mas se acham superiores (esses são pensamentos do cão).

Pessoas que se vestem inteiras de "*outfit outlet* de Miami" e saem por aí xingando os outros de "camisa polo com brasão" (pensamentos do cão *again*). Lênin só se acalma quando o taxista malufista amigo passa a mão na sua cabeça.

Certa feita, um desses *night bikers* estava nu (porque, se não bastasse tudo o que ele reivindicava, ele queria reivindicar a natureza de seu corpo oprimido pelo sistema). Lênin tentou matá-lo. Foi quando a coisa piorou muito. Lênin acabou internado. Seus pais são contra "dramas classe média", mas, para não sacrificar o pequeno endiabrado, contrataram um especialista em psique animal. Diagnóstico: carência, os pais precisam ler menos e brincar mais com o jacarezinho com apito. Lênin, ao ouvir tamanha insensatez, cansado dessa merda toda, começou a bolinar oralmente seu próprio membro. Parou quando viu a cor vermelha.

Este texto era sobre...

Este texto era sobre o sentido que o PT trouxe à vida de algumas donas de casa. Esculachar o PT virou emprego com ares de intelectualidade para essas senhoras. Não estou defendendo o PT (não dá mais, né? Pena!). Mas, por Deus, onde estavam essas tantas Cidas e Martas? Algumas Silva outras tantas Matarazzo? Tão politizadas, revolucionárias e assíduas em redes sociais, passeatas e varandas?

Onde estava essa força interna quando elas eram apenas as mães que optaram por não trabalhar (nem dentro de casa, e se encheram de empregadas e babás), decorando a casa de praia com conchas de cores variadas dentro de um vaso transparente, e que odiavam ver "desgraças" no jornal? Que furacão elas viraram! Quanto mais escândalos, mais sentido para vida. Se tiver impeachment, vai rolar uma depressão em massa, um ninho vazio. Marido pode trair, filho pode fumar erva. Só, por favor, não mexam na minha Globonews!

Mas achei melhor não, as pessoas não entenderiam que estou orgulhosa das donas de casa, iam me xingar de preconceituosa, falar que estou dizendo que o lugar da mulher é no fogão de dez bocas. Que estou disseminando o ódio contra a dona Nena. Que sou misógina, machista, que mereço ir para a Venezuela e esse tipo de coisa que está na moda dizer quando se quer parecer inteligente. Então, resolvi escrever justamente sobre a dificuldade em escrever sem levar tomatada em pixel.

Hoje em dia, falar "sim" é cometer um forte preconceito com o "não". Escrever "ali" é ser escroto com o "aqui". Se der bom-dia, vão te processar porque você está segregando o "dia ruim". Falou que foi à praia, algum grupo das "montanhas esquecidas" vai começar a te perseguir. Como fazer para escrever sem ser xingado? Ou querer escrever sem ser odiado é eticamente errado, pois exclui aqueles que só sabem ser inimigos? Mas acho que Gregório já foi nesse tema, então desisti.

Este texto era sobre parar com o antidepressivo. A parte "pura magia" é que você volta a se emocionar com música bonita, chorar em filme besta e pensar o sexo como a melhor coisa não inventada pelo homem e não como "uma coisa besta que as pessoas fazem, mas eu prefiro dormir e comer". A parte ruim é que você volta a chorar à toa e pensar em sexo na hora errada. Desmamar da química milagrosa é tarefa complicada principalmente para os convivas. Ontem, eram duas da manhã e eu não conseguia dormir, pensando "escrevo ou não um texto pra *Folha* falando que cansei desse machismo de alcunhar dinheiro de PAU e que quero a partir de hoje cobrar em XANAS?". Tipo "tantas mil xanas por um roteiro" e tal. E daí expus essa questão num grupo de WhatsApp. Parar com o remédio também te deixa confuso entre mil assuntos, e todos eles são um pé no perigoso, outro no sem sentido. De modo que mudei de ideia.

Este texto era sobre meu novo vício raso e vexatório: tirar selfies. Meu Instagram virou o de uma menina de dezesseis anos com sérios problemas de aceitação (se você entrar lá, vai ver que tenho feito estudo apurado de meu melhor "lado" em composição com boquinhas semiabertinhas de desejo frugal). Que tadinha! Eu vou escovar os dentes, me olho e penso "que puta ângulo esse". Socorro! Mas passei uma vida fazendo careta porque achava que ser sexy era a coisa mais burra do mundo. Dez anos de terapia me libertaram até que, na semana passada, me fotografei de lingerie no closet e, então, achei melhor procurar o "selfies anônimos".

Deveriam fazer esse grupo. Ou inventar um sublingual para quando você tivesse vontade de cometer uma selfie. O "fazedor compulsivo de selfie" deveria virar doença catalogada em bíblias psiquiátricas. Mas imagina escrever sobre isso com tantas questões mais sérias acontecendo no Brasil e no mundo? Desisti também.

A festa

Eu tinha uns nove anos. O irmão da minha amiga, que comemorava aniversário de dez, tinha uns onze. Todos os outros garotos eram barulhentos, frenéticos e cheiravam a sola de tênis. Ele era sério, um pouco bravo e já tinha pelos nas coxas. Ele não me notava. Tentei beliscar, gritar, sujar meus dentes com brigadeiro pra fazer a piada "tô banguela", mas ele não me olhava. Nunca tive paciência para nada, então parei na frente dele, no meio da festa, na frente de todos e levantei meu vestido. Mostrei minha calcinha a ele. A mãe deles me pegou pelo braço e disse que assim não se faz. "Não pode." Eu disse que podia sim, era só uma brincadeira, eu era criança — até hoje dou essa desculpa. "Por isso mesmo", a mãe disse. "Justamente porque você é criança." "Então quando eu tiver a sua idade vou poder levantar a saia no meio de uma festa e mostrar minha calcinha?", talvez eu tenha respondido.

E levantei a saia pra ele de novo. Ele fugiu. Eu corri atrás dele com a saia levantada. Ele chamou pelo pai. Os amigos riram dele. Os homens adultos riram, alguns saíram de perto. Um dos homens adultos falou que assim não se faz, "você é menina". Eu odiei ser menina, odiei ter nove anos, odiei que aquele garoto besta tivesse onze anos. Odiei que homens adultos saíram da sala. Eu segurei o rosto do menino, a essa altura todo melecado de catarro e lágrimas, e pressionei meus lábios contra os dele. Pronto, dane-se, estava resolvido! Nem era meu primeiro beijo. Eu já tinha agarrado à força outros garotos na escola, já tinham chamado minha mãe e minha mãe me perguntara por que eu fazia isso se eram meninos feios. Foi alguma técnica que até hoje não entendi. O pai dele apareceu e perguntou, querendo rir, se eu tinha bebido. Eu ri, mas estava muito triste. Talvez agora a urgência parasse, mas ela havia se transformado em um cinema inteiro vazio com uma tela em manutenção. Que foi isso tudo que eu fiz e por quê? A mãe dele resolveu ligar para a minha. As pessoas olhavam com raiva. Era para ser a noite da minha amiga e não da maluca que correu atrás de um garoto com a saia levantada. Se eu fosse um garoto, eu apanharia, mas eu sendo uma menina, o que fariam? Ficava um desejo de tabefe no ar — eu sei porque estavam todos de braços cruzados, tensos em esconder as mãos. Minha amiga pedia: "Ela tem que ir embora". Alguém comentou: "É filha de pais separados". A mãe chamou para o "parabéns", naquele clima de "então vamos ao que interessa e esqueçamos isso". Ele correu para comer bolo, como se nada tivesse acontecido. Homens são sempre iguais. De repente é como se nada tivesse acontecido com eles. Todo mundo esqueceu ou fez força para esquecer. Batiam palmas, queriam roubar docinhos, mais uma festa de aniversário como todas as outras. Eu odiava a coisa igual, as pessoas sempre iguais, mas porque ainda estava em idade de teatralizar extrema ansiedade por açúcar, resolvi correr para a mesa com as pessoas, como se me importasse com elas ou com seus doces. No meio do caminho vi um corredor, um quarto escuro, e pensei que seria mesmo muito estranho ficar deitada no chão daquele quarto, no breu completo, enquanto todos cantavam na sala. E fiz isso para me punir.

Começou com uma alergia ao carpete, um chorinho baixo e de repente afluiu um tsunami aquoso de dentro da minha cabeça. Eu berrava "mãe" com a mesma violência surda com que os outros batiam palmas. E aquele medo, aquele exato medo, é uma coisa que nunca mais parei de sentir.

Aberta a temporada de idiotas

Tenho evitado ir a qualquer evento, almoço ou reunião com mais de dois humanos. Percebi que a cada três pessoas, uma sempre vai falar besteira sobre gravidez. A mais irritante é sobre meu peso ou o tamanho da minha barriga (que os idiotas sempre consideram pequena). "Nossa, tá tudo bem? É que eu engordei quarenta quilos e você continua magra… Precisa de ajuda?" Oi? Seria engraçado não fosse tão invasivo e desrespeitoso: não é mais sobre meu corpo que essas pessoas estão falando, é sobre minha filha. "Ela está no peso ideal", sou obrigada a responder. Nenhuma dessas pessoas merece atenção, mas já estou protegendo um serzinho que ainda nem nasceu das maledicências dos imbecis.

Fui magra a vida inteira e sempre tive que aturar as indagações insuportáveis sobre a minha saúde. Não quero aqui fazer a "minoria sofrida só que não" como aqueles ignorantes que defendem a luta por mais espaço e aceitação para héteros, ricos e brancos. As gordas devem aturar uma quantidade muito maior e um teor muito pior de frases escrotas. Mas acreditem em mim: vai ter sempre uma vaca ou um desgraçado esperando chegar uma pessoa magra no recinto para destilar toda a sua incapacidade em se controlar no pudim. "Nossa, senta aqui, tadinha, tá morrendo!" Esses dias uma garota que nunca vi na vida colou em mim, no aniversário de uma grande amiga, e começou a narrar quão horrível foi o seu parto. Que ela quase morreu, o filho quase morreu, o médico fez tudo errado, ela está processando o hospital, ela nunca mais quer engravidar na vida, o filho não dorme, não mama, o casamento dela acabou, ela descobriu que a babá a rouba, sua mãe não pode ajudar porque está muito doente, e por aí vai.

Eu, que cheguei toda animada à festinha, fui murchando e ficando corcunda, e foram doendo todos os músculos e ossos das minhas costas e quase precisei ser carregada para casa. Consegui ficar dez minutos na porra da festa por causa desse serzinho de luz que não suportou ver uma grávida felizinha. Ah, detalhe, no dia seguinte ela me achou no Facebook e me mandou a seguinte mensagem: "Desculpa se te enchi com meus problemas, mas é bom pra você saber que não é fácil!". Esse é o problema dos idiotas. Eles precisam te ajudar, precisam dividir com você essa sabedoria tão divina que diz "a vida não é fácil". Poxa, idiotas, obrigada! Eu nunca tinha notado! Que presente a sua existência!

Eu já escrevi sobre isso, mas não poderia deixar de citar novamente os idiotas do primeiro trimestre. Eu enjoei demais, tive muito cansaço, estava muito assustada com as mudanças e fiquei bastante deprê. E o que muitas pessoas faziam para me animar? Me davam bronca! "Mas a gravidez é uma coisa linda, abençoada, é até pecado você estar assim! Você não está feliz?" Fui parar no psiquiatra, desesperada, chorando vinte e quatro horas por dia, repetindo a cada meio segundo: "Será que não amo o meu bebê e sou uma pessoa horrível e mereço morrer?". Os idiotas, quando estamos mais sensíveis, têm um poder abissal... E como eles amam isso!

Fiquei algumas semanas um pouco anêmica, o que a obstetra explicou ser muito normal durante a gestação, e me tornei a maluca do limão. Porque o limão "ajuda a absorver o ferro" comecei a espremê-lo até na escova de dente (piada, o.k.?). Claro que uma idiota de plantão notou minha tática e começou a me contar quão horrível foi o pós-parto da prima dela que ficou anêmica, perdeu muito sangue na cesárea e depois não teve forças pra cuidar do rebento nem mesmo pra se locomover sem cadeira de rodas. E eu, que só queria comer um franguinho grelhado com limão, tive que ouvir tudo sem avançar na jugular da pessoa. Infelizmente, dá uma preguiça desgraçada bater nos outros quando estamos grávidas, mas me aguardem.

A donzela da ponte aérea

Escrevo do Aeroporto Santos Dumont. Espero a ponte aérea maravilhosa que me devolverá à minha cama depois de onze horas de reunião. Apesar do cansaço, quero narrar com preciosismo o show circense que acabou de ocorrer, para o deleite dos meus olhos sempre em busca do estranho. O que se passa com um homem quando, sem que ele seja o comandante da situação, o grande maestro da ocasião, é simplesmente escolhido por uma mulher? Que incômodo é esse? Essa aflição, esse teto nos pés, esse tique com a garganta e os cabelos?

Eu lia uma revista quando chegou esse rapaz um pouco bonito, um tanto apressado e com péssimo gosto para sapatos. Eu o olhei (tenho astigmatismo e hipermetropia, mas estava sem os óculos) e tive certeza de que era o Márcio, com quem trabalhei há mais de dez anos. O Márcio, na época, aprovou uma campanha que eu desenvolvi para o lançamento de um carro. Depois desse trabalho, minha vida mudou: ganhei aumento, prêmio, pressão alta e a certeza de que não era isso o que eu queria fazer da vida.

Em suma, se fosse o Márcio, eu gostaria de cumprimentá-lo e, para tal, dispus-me a encarar o moço. Não era o Márcio. Ficou óbvio quando outros homens, possivelmente da mesma empresa, passaram por ele e o chamaram de Deco. Mas era tarde demais para interromper meu olhar fixo. Eu estava alucinada com o desempenho teatral da pessoa. Ao se perceber examinado por mim, Deco deu início ao que chamei de "definitivamente não soube lidar".

Primeiro, Deco tentou tirar um pigarro da garganta com urros tão forçadamente másculos que eu achei que ele cuspiria testosterona. Depois, travou uma desavença insana com o cabelo. Ele arrumava a franja para trás e para a frente e então, profundamente aviltado por uma posição de donzela cortejada, começou a dar uns tapas na cabeça. Por fim, exaurido por estar à mercê de um flerte não instaurado por ele, Deco tirou o paletó e o atirou com certo desprezo no banco. Ali eu senti que ele ganhou alguma confiança. Acho até que assoviou.

Segundos antes de o nosso voo ser anunciado, Deco ligou para uma possível namorada e falou tão alto que a moça dos cookies, próxima a nós, levou a mão ao peito em sobressalto: "Oi, amor, tô voltando hoje". Ele caminhava pelo aeroporto berrando com sua escolhida, como se pudesse macular o ar com graxa: eu mando, eu determino, eu homem. A essa altura, eu já de óculos para ver o número do meu assento, pude perceber que Deco não tinha nada de mais. Márcio, sim, era um cara bonitão. Deco tinha a pele oleosa e ombros que, agora sem as ombreiras do paletó, estavam mais para duas bolotas de ossos desistentes. Deco tinha aquele tipo de nariz que você pode até superar um dia, mas jamais amar. Era perfeito, pequeno, empinadinho. Desculpa, mas o bom amante tem uma napa horrenda, algo entre uma ofensa de Deus e um acidente.

Enjoada da minha distração, voltei a ler a revista. A histeria de Deco tinha perdido a graça. Foi quando, sem querer, devolvi ao senhorio seu lugar de macho. Automaticamente, Deco sentiu renascer sua rígida integridade, sua dura moralidade, seu retesado padrão. Ele ainda desfilou umas quatro vezes em torno de mim, e eu nada. Sentou-se perto, e eu nada. Começou a me defrontar, e eu nada. Suavizou o desconforto das bolas com aquela beliscadinha na calça, e eu nada. Com a minha mais completa rejeição à sua insignificante pessoa, Deco pôde respirar aliviado.

Fazer, não fazer, quando der

Acordei essa madrugada com o velho e bom vício que me acompanha desde a infância: fazer listas. Quando minha vida vira uma profusão de incontroláveis ícones semiabertos tremilicando (como se implorassem: vai me deletar ou resolver?), espremidos em um estreito campo de visão, é a hora de vazar a taquicardia para um papel, método mais saudável do que tomar relaxante muscular ou ansiolítico (ou os dois e daí ter que tomar um Omeprazol também).

Como não era pouca coisa (e tampouco o era a angústia), dividi a adrenalina em três sulfites: fazer este ano, não fazer este ano, fazer quando der. A lista de "não fazer este ano" originou outra: a lista dos "e-mails que eu teria que mandar pedindo desculpas e dizendo que estava atolada e que só conseguiria para o ano que vem". A lista do "fazer" gerou a lista do "tudo o que eu preciso fazer pra fazer essas coisas que decidi fazer este ano". A lista do "quando der tempo" trouxe apenas tranquilidade. Mas não durou nada: fiquei olhando para ela e tentando resgatar um ou dois ou sete itens que me pareceram ter cara de "não custa nada" ou "vai ser bom pra mim".

Feitas as listas todas, começou o tormento. É que, talvez hábito de quem já escreveu novelas, automaticamente comecei a intercalar os núcleos e concluí que, mundo pequeno, todo mundo se conhecia. A lista do "tudo o que eu preciso fazer pra fazer essas coisas que decidi fazer este ano" tinha muitos parentes — só revelados lá para o meio do drama dessa madrugada — morando na lista do "não fazer este ano". A lista dos "e-mails que eu precisaria mandar pedindo desculpas e dizendo que estava atolada e que só conseguiria para o ano que vem" tinha amantes na lista do "não custa nada".

Seis da manhã, prematuros mas saudáveis rebentos (frutos do cruzamento sem proteção das infinitas e poligâmicas listas) já nasciam cheios de imperativos e atrasos, querendo independência sem nem ao certo saber direito a própria filiação. Eu estava cansada e fiz um chá de hortelã. Fechei os olhos um segundo, em meio a berreiros de listas que não cessavam de germinar, e tive a brilhante ideia, a lista de todas as listas: "e a vida pessoal, onde fica?".

Naquele momento, ficava no vigésimo terceiro A4 que seria rabiscado com intermináveis "*to do*" que iam desde "exames de sangue check-up anual completo descobrir um bom clínico geral próximo" até "passar fotos do cel para a nuvem: como deixar automático?". O problema é que, quando chegou a tarefa "alisar a franja", esse mesmo item abriu o "mas será que não é isso que está fazendo meu cabelo cair?" que linkou com o item "exames de sangue check-up anual completo descobrir um bom clínico geral próximo". Ou seja, agora o cruzamento era entre entusiastas da mesma família de listas, o que me preocupou um pouco. Que monstruosidades poderiam nascer dali?

Com medo, reparei que o sol nascia, sempre trazendo uma lista de obviedades para os insones. O primeiro item era: dormir melhor. O segundo: quando der tempo, porque vale muito a pena fazer uma lista de coisas para não fazer nunca. O problema é que esse último item abriu o "fazer listas é uma das coisas para não fazer nunca?". E esse item linkou, com o encaixe violento dos apaixonados culpados, com todas as listas e com todos os itens, tornando impossível, para sempre, a desassociação entre tudo o que eu tinha para fazer e tudo o que eu nunca faria.

Eu não quero

Na infância, ouviu na aula de religião, e depois também durante o jantar, que nada era mais importante que a família. Oitenta pessoas, umas falando mal das outras, trancafiadas numa sala com motivos natalinos, lhe pareciam a visão do inferno. Mas ela devia estar errada. Se os primos corriam felizes. Ela forçava. E ia. Depois tinha febre e desarranjos e tremedeira. Uma hora isso acabaria passando.

Durante toda a adolescência, se obrigou a fazer aquelas viagens "quinze amigos, um banheiro". Era tão sofrido, tão sofrido, que tinha febres de quarenta graus, amigdalites tenebrosas, rinites de arrancar todo o sistema respiratório com uma só coçada na cara. Mas se estavam todos querendo e indo. Uma hora ela acabaria gostando.

Na época da faculdade, se forçava a ir aos jogos universitários, quase sempre em alguma cidade do interior sem nenhuma infraestrutura para receber milhares de estudantes de todos os cantos do país. Se pegava pensando: "Será que o hospital daqui é bom?". Mas disseram que isso não era pensamento de jovem, e ela então se forçava a não pensar o que já pensava. Se obrigava a vestir camisetas e torcer apesar de estar verdadeiramente se lixando para esportes e para todas aquelas pessoas. Beijava nas festas em que todo mundo beijava, sempre desejando virar logo avó para poder só ver televisão trancada em casa sem ninguém encher o saco: "Nossa, você parece uma velha!". Queria logo ser velha para finalmente deixar de parecer uma.

Baratas e frituras, lamas e coceiras, cachorros-quentes que, em sua fantasia, conversavam com ela (a salsinha a língua, os pães a boca): intoxicação hemorrágica por cinco reais! Tudo fedendo a cigarro de cravo, a golfo alcoólico, a ralos sobrecarregados. Como era insuportável ser jovem e conviver com jovens e, sobretudo, viajar com jovens. Os piores restaurantes, os piores quartos, as alegrias histéricas dos humanos menos elevados, os carros que sempre quebravam na estrada. Ela olhava ao redor e todos felizes. Ela só podia estar maluca ou desacostumada ou doente para achar tudo detestável. Uma hora acabaria, por osmose, ficando "de boa". Uma hora pularia e gritaria como as pessoas no BBB. Então seguia forçando.

Um pouco mais velha e com um pouco mais de dinheiro, não foram poucos os Réveillons e Carnavais em festas badaladas no Nordeste e no Rio de Janeiro. Ela torcendo para ocorrer uma invasão extraterrestre que devastasse todos os caminhos que levam até Congonhas e Guarulhos e a todas as saídas da cidade. São Paulo sitiada. Não, ela não era estranha, com dificuldade extrema em gostar dessas coisas insuportáveis e idiotas que todo mundo gosta e faz em bando. Normalzona, queria super ter ido, mas olha que chata essa invasão extraterrestre.

As pessoas se exibiam no trabalho, como se falar "paguei Trancoso" fosse o mesmo que "ganhei um Nobel". Em silêncio, torcia pra que a chamassem para fazer plantão no final do ano. Me encham de trabalho, pelo amor de Deus. As pessoas casavam, faziam chá de bebê, ela torcia para que a enchessem de trabalho. E enchiam. Até que um dia experimentou a sensação mais libertadora da vida. Primeiro saiu baixinho, fanho, rouco… "Não quero." Não entenderam direito, perguntaram, fale mais alto. EU NÃO QUERO. E então, como um vômito contido por mais de trinta anos, aquela verdade jorrou azeda e ácida e veloz e muita. EU NÃO QUERO!!! Seja lá o que for que todos vocês querem, eu não quero. Eu apenas não quero.

Mas eu não gosto dela

Encontrei, perto de casa, uma mulher com quem trabalhei há uns quatro anos. Nos abraçamos, vi fotos do seu filho, elogiei seu cabelo, disse para combinarmos algo qualquer dia, acariciei seu casaco fazendo a piada clichê dos últimos dias na cidade "cancelaram o verão" e, porque ainda é janeiro, nos desejamos um bom ano. Ao dobrar a primeira esquina, não pude conter o assombro: mas eu não gostava dela! Cheguei até mesmo a sentir, na época, que eu a detestava! Seria eu, então, falsa como aquelas pessoas falsas pra cacete?

Pensei seriamente em alcançar a fulana e dizer que o seu cabelo estava péssimo — luzes muito largas e marcadas na raiz, ou é a volta dos anos 90 ou a escolha do mais vagabundo salão de beleza —; que eu temia pelo futuro psíquico de seu rebento e pressentia um dia vê-lo associado a escândalos sexuais bizarros; que eu jamais deveria ter tocado em seu casaco: bruxas macabras soltam caspas amestradas e sanguinárias e agora minha mão certamente cairia enquanto escovava os dentes e eu morreria espumando, uma vez que estaria impossibilitada de fazer o devido bochecho. Que eu, do fundo do coração, desejava ainda mais inflação e desemprego e alta do dólar e temperaturas descontroladas e mosquitos malfeitores — mas só para ela. Para encerrar, diria que prefiro inflar meu cólon numa colonoscopia sem sedação a ter que olhar para sua face novamente. Eu era honesta! Tarde demais, o desafeto sumira. Mando um WhatsApp? Algo simples e direto como: "Na verdade te acho péssima, morra". Procurei o número, mas eu havia deletado. E agora? Teria que conviver para sempre com o peito condecorado com a frase "falsa pra cacete" em neon imaginário? Teria que passar por aquela rua, naquele horário, pelo resto da vida, até cruzar com aquele ser desprezível e poder socar sua cara e por fim ter a garantia eterna de que eu era boa pessoa? Mas espere um pouco: na hora eu não fui movida por dissimulação, e sim por uma espécie de senilidade. Como eu pude experimentar ternura genuína por tão torpe senhora?

Ela explodia seu entorno com a técnica mais básica (muito usada por adultos que jamais superaram a criança cruel que foram) e, no entanto, infalível: falava para todo mundo que todo mundo falava mal de todo mundo e colocava todo mundo contra todo mundo. Ela alternava dois asquerosos tipos de "prestar atenção" no outro. Ou nos olhava com piedade forçada, para deixar bem claro que era superior, mas tinha compaixão. Ou encarava, estatelada, roupas, cinturas e sapatos enquanto falávamos algo pessoal, como um raio X cínico e superficial. Miava ronronante quando aparecia um homem rico na produtora, mas bocejava entediada, com um bafo seco de ansiolítico disfarçado de empáfia, quando eram ou pobres ou mulheres (e principalmente os dois ao mesmo tempo). Era intragável.

Fiquei feliz simplesmente porque estou livre da convivência? Porque sou feliz e ponto? Porque tomo Efexor pela manhã? Finalmente encontrei hortelã orgânica plantada e nada me abalaria? Não. Eu tinha sentido algum carinho real em encontrá-la. Assim como podemos planejar o esfaqueamento de um namorado estimado e adorado apenas porque encontramos suas digitais diariamente impressas em todos os espelhos e vidros meticulosamente limpos da casa, podemos ter um segundo de bem-querer improvável por pessoas repulsivas e odiosas. Deu-se apenas que, sem intento gerenciado ou elucidação espontânea, prezei verdadeiramente aquela mulher, naquela manhã, perto de casa.

Quantos anos tem o narrador do filme da sua vida?

Talvez você não tenha um narrador dentro da sua cabeça. Talvez só os mais neuróticos tenham. Talvez eu só precise de (mais? Menos?) remédios. Mas, caso você saiba do que eu estou falando, me conte: quantos anos tem a voz "*off*" do filme da sua vida? A minha ainda não saiu do primário. Como vivem os adultos? Me pergunto todos os dias ao acordar. O que de muito saudável eles comem no café da manhã? Como se sentam impecavelmente à mesa de forma que não doa a lombar nem a cervical? Como atravessam o dia, com tantas crianças mendigando em suas janelas, com tantos coleguinhas tentando derrubá-los, com seus paletós quentes e saltos altos? Não precisam de Omeprazol? Não precisam de Efexor? Não precisam de Miosan? Estendem longas mãos adultas que dizem não a açúcares? Dormem de pijama sensual de seda, com rendas e alcinhas, e não acordam gripados? Nunca saem atrasados, de cabelo molhado, culpados por não terem lido o jornal ou mastigado calmamente? Como suportam o cheiro do mamão? Sabem o que é pós-verdade?

Eu acordo todos os dias enjoada, procurando o quarto da minha mãe. Todos os dias me assusto ao ver meu marido, a casa que comprei, minha mesa cheia de trabalho, os peitos menos empinados. Preciso de no mínimo uma meia hora pra me recuperar, por isso fico quieta. Não estou mal-humorada, estou me restabelecendo do susto de ter quase quarenta anos. Sim, quero filhos, tento tê-los. Dizem que amadurece. Será? Ou será que mães são apenas crianças mais velhas e sem tempo? Acho que os velhinhos são apenas crianças muito velhinhas e com tempo.

Desisti de uma ponte aérea, uma vez, quando já estava na fila do embarque. Mas por que a senhora não pode embarcar? Respondi que um parente havia morrido "de última hora". Mentira. Eu não embarquei porque crianças não deveriam viajar desacompanhadas. E eu não tinha nenhuma cartinha do meu pai me liberando. E aquilo, de ter cinco anos e estar fantasiada de trinta e poucos, me deu uma solidão tão avassaladora, que precisei correr para casa. A viagem era para fechar um acordo que me possibilitaria comprar umas quinhentas casas da Barbie. Talvez isso tenha me assustado tanto. Eu não tenho espaço para tantas.

Semana passada uma grande amiga, da minha idade, morreu. Quando me deram a notícia, me senti no parquinho da escola. Sozinha no gira-gira, a professora tentando explicar o que é a morte. Não adiantou. Perguntei para minha mãe, e ela tentou me explicar. Não adiantou. Eu não entendi até agora. A cada meia hora lembro que minha grande companheira de "não entender exatamente como é ser adulto" se foi. Nós tínhamos exatamente a mesma coceira na perna, no exato mesmo lugar, quando ficávamos ansiosas demais. Foi essa coceira que nos aproximou, no primeiro ano da faculdade: "Ah, você também é ansiosa?". "Opa, sou!" "Que legal, vamos no Espaço Unibanco?"

O Antonio Prata, por exemplo: um adulto. Sua próxima coluna deve ser sobre os boçais do buzinaço em frente ao Sírio. Ou vem aí um texto sobre a peninha que alguns manifestaram ao saber que Eikareca talvez tenha que obrar em um buraco no chão. Imagino Antonio madurão, digitando em seu teclado de homem madurão. E eu aqui falando de gira-gira, cercada de canetas de ursinho.

Como é não ter no cérebro uma rádio sintonizada no jardim 2? Como é não se sentir quase sempre uma criança assustada, vestida com roupas enormes e caras, teatralizando fomes e vozes e ossos e amores e empregos e indiferenças?

A delícia que é espezinhar parentes

Minha mãe chegou em casa no exato momento em que eu falava mal dela. Subiu sem avisar. Entrou sem bater. Sentou-se sem fazer nenhum barulho. Calou, prontamente, a cachorra com comida. E ficou de camarote, assistindo à sua derrocada. Acho que tomou café.

Eu estava na varanda, com meu pai ao telefone, e nós ríamos e nos ocupávamos com a única real delícia da vida, que é espezinhar um parente na proteção de uma perversa cumplicidade. Adjetivos simplórios não enchiam a boca. A riqueza de detalhes, inclemente, era entrecortada por minhas imitações debochadas de seus lamentos e terríveis premonições referentes à sanidade de qualquer desconhecido.

Mamãe não avisou que vinha. Não deixou o porteiro avisar que estava subindo. Não permitiu que minha cachorra lhe fizesse a devida "festança exclusiva para visitas". Não me perguntou a respeito do sofá ou da xícara. Serviu-se da minha casa e da minha crueldade como se fossem suas.

Meu pai urrava de felicidade do outro lado da linha. Aquilo

era muito melhor do que o barbeador sem fio e a caixa de som bluetooth (presentes que havia ganhado de mim e tinha ligado para agradecer). Fale mais, por favor, era o que me "diziam" suas pausas para limpar o catarrinho e recuperar o fôlego. E isso, e aquilo, e mais essa. Eu poderia passar uma vida transformando todo mundo em caricaturas dementes e insuportavelmente fidedignas. Mais tarde eu iria até a casa de minha mãe, e falaríamos mal de meu pai. Isso a alegraria muito, e eu, bondosa (e ainda tomada pelo espírito de Natal), não lhe negaria tamanho júbilo. Mais tarde ainda meus pais se ligariam e falariam mal de mim. Era a já sabida e rotineira ciranda macabra do pertencimento. A condição para estar dentro de uma família era poder negá-la sempre que abrisse uma brecha. A grande balada da genealogia precisa de uma espécie de "falamaldódromo", onde podemos, protegidos pelo ar livre e outros semelhantes em angústia, baforar nossos vícios e neuroses.

Fiquei bem pouco preocupada se algum vizinho escutava tamanho deleite condenável e, por isso, não baixei a voz. Eu caminhava pela varanda catando as folhinhas secas que se agarraram frouxamente às plantas sedentas. Quanto mais eu destruía mamãe, mais eu limpava os esgalhos mortos. A maldade ganha um ritmo tão rápido que, às vezes, brecar pode ser perigoso. Percebi um vulto na sala e, em vez de encerrar a conversa num breque seco, em vez de capotar aos olhos sempre tirânicos de mamãe, escolhi fazer a fina.

Tardei as palavras. Lerdeei o derrame. Procrastinei o susto. Espacei o vexame. Ainda falei mais umas duas ou três "coisas más" daquela senhora e, sorrindo, muito calma, lhe fiz o sinal italiano de "maqueporracetafazendoaqui" com a mão. Mamãe soube naquela hora que, se me devolvesse a exata inflamação que lhe corroía, eu jamais teria o preciso sofrimento por ela almejado. Então ela apenas ficou triste. Os olhos se encheram de lágrimas.

Não falou nada e ficou triste. De uma tristeza que nunca esquecerei e que me esmagou cada milímetro do corpo. De uma tristeza que me implodiu por dentro e, como um prédio inútil de mil andares, eu fui desabando até ser inteira um amontoado de pó depositado em uma unha podre de dedão do pé. Que mulher maravilhosa, aprendi tudo que eu sei com ela.

Que vida maravilhosa esta!

As maçãs sem agrotóxico brilham na fruteira. Que vida maravilhosa esta! O quadro ficou realmente melhor nesta parede. Que vida maravilhosa esta! O marido ficou realmente melhor naquela mesa. Que vida maravilhosa esta! A janela só metade aberta porque está só meio calor. Que vida maravilhosa esta! Agora, dez da manhã, não cabe desmaiar, tem sal na cozinha. Agora, onze da manhã, não cabe ter crise de pânico, tem Rivotril no banheiro. Agora, meio-dia, não cabe chorar, tem batata. Agora, uma da tarde, não cabe passar mal, tem Vonau. Agora, duas da tarde, não cabe ter azia, tem magnésia.

As roupas ficaram ótimas com este amaciante. O cachorro ficou ótimo com este condicionador. O cabelo ficou ótimo com esta hidratação. O sofá ficou ótimo com esta capa. A virilha ficou ótima com este laser. O cheiro que vem lá de fora, e que nunca sabemos bem o que é, ficou ótimo com este difusor cítrico.

Agora, três da tarde, não cabe se apaixonar, tem trinta e sete anos no RG. Agora, quatro da tarde, não cabe trepar, tem que ter é um filho logo. Agora, cinco da tarde, não cabe morrer, tem psiquiatra. Agora, seis da tarde, não cabe parar, tem muita coisa me distraindo e eu acabei de começar a trabalhar. Agora, sete da noite não cabe ficar louca, tem que arrumar tudo, o que está fora do lugar. Agora, oito da noite, não cabe sentar, tem uma mancha na cadeira que não sai por nada. As meias agora ficam numa divisória para meias dentro da gaveta de meias. As calcinhas agora ficam numa divisória para calcinhas dentro da gaveta de calcinhas. Os talheres agora ficam numa divisória para talheres dentro da gaveta de talheres. Às nove da noite não cabe desmaiar, tem sal na bolsa. Às dez da noite não cabe ter crise de pânico, tem Rivotril no bolso. Às onze da noite não cabe chorar, tem o resto da batata na geladeira. À meia--noite não cabe passar mal, tem magnésia. À uma da manhã não cabe ter azia, tem Vonau.

Maravilhoso edredom de penas. As maçãs nunca vou saber, misturaram a orgânica com a da Mônica porque a fruteira é democrática. Maravilhosa manta antialérgica. Eu realmente gosto deste quadro? Eu tenho alguma opinião sobre quadros? Eu sou uma imbecil no quesito arte? Ter medo de ser imbecil me ataca a rinite? Maravilhosa mão quentinha dele. O embrulho que eu sinto quando vejo meus vestidos de sair esmagados por paletós que nunca saem é porque não sei dividir, ou porque quero mais vestidos, ou as duas coisas são a mesma? Maravilhoso pijama nem de inverno nem de verão que nem aperta nem fica caindo. Maravilhoso filme, tem silêncio. Maravilhoso pouco sono, tem só uma frestinha aberta.

Depois das duas da manhã não cabe acordar, tem Stilnox no criado-mudo. Depois das três da manhã não cabe sonhar, tem Efexor no criado-mudo. Depois das quatro da manhã não cabe trocar de posição, tem Miosan no criado-mudo. Depois das cinco da manhã não cabe ser infeliz, tem trinta e sete anos no RG. Depois das seis da manhã não cabe sentir dor, tem que ter é um filho logo. Depois das sete da manhã não cabe mais nada no criado-mudo, tem que empurrar os paletós. As maçãs sem agrotóxico na fruteira. Tem edredom de penas. O quadro na parede. Tem manta antialérgica. Depois das oito da manhã tem que tirar a mancha da cadeira que não sai por nada, tem muita coisa distraindo. Depois das nove da manhã a mancha sai, tem que ter opinião sobre os quadros. A janela está totalmente fechada. Que vida maravilhosa esta!

Natal é dia de maldade

Farei algo maravilhoso neste Natal: sumir. Não falarei com ninguém. Mentira, falarei com amada mamãe, mas será rápido e por ligação de longa distância. Se nesta vidinha você só tem quatro amigos suportáveis e dois parentes inevitáveis, por que, exatamente, cisma de amar metade da população nessa época do ano? A roupa quente do Papai Noel num calor de quarenta graus é a metáfora perfeita da nossa sinceridade nesses dias.

Onde está escrito que, em meio ao trânsito insuportável para ver enfeites, lojas abarrotadas de gente cansada e irritada, reuniões com olhos semicerrados que imploram "pelo amor de Deus acaba esse ano" e putaria louca na política nacional, você será capaz de amar (sendo que nunca nem gostou), incondicional e desenfreadamente, toda uma manada de humanos facilmente desprezados no resto dos meses?

Se 364 dias por ano você não suporta aquela tia invejosa da Brasilândia e aquela amiga de infância, engraçadíssima, que virou contadora, por que acredita que será capaz de verdadeiramente se enternecer por esses desgraçados no Natal? Se a cunhada arrogante da Vila Nova e o primo que tatuou um palhaço metaleiro na batata da perna não têm nada a ver com você por toda uma existência, por que essa situação mudaria apenas por se tratar do período em que as famílias se juntam nas novelas? Ah, mas deve ser o último Natal de bisa Zuleide. Então cancela a viagem, cancela a festa com os amigos, cancela a felicidade, cancela o sexo, a masturbação, o seriado sozinho e tranquilo em casa. Cancela sua vida toda e qualquer prazer possível para uma noite tão encantada. Você nunca tolerou mais de sete minutos ouvindo bisa Zuleide falar asneiras entrecortadas por muxoxos, você unha a palma da mão quando ela começa com seu discurso reaça, racista e muquirana, mas apenas porque bisa Zuleide está morrendo (mentira! Ela está morrendo há doze anos! Essa é a desculpa que sua mãe dá pra unir aquelas sessenta e sete pessoas que você não suporta — nem ela suporta — numa sala sem ar--condicionado nem assentos suficientes), você vai se arrumar e encarar esse tormento chamado "forçar afeição por pessoas que cheiram a empada e nem tem empada na festa".

Mas, se você nunca se importou com a vida de bisa Zuleide, que preocupação é essa com a morte da velha? E daí que é o último Natal dessa mala que maltrata a empregada e o porteiro e negou amor ao seu avô, que negou amor ao seu pai, que até hoje é um cara meio esquisitão, o que deixa sua mãe um tanto infeliz e faz com que ela azucrine a sua vida? É tudo culpa dessa moribunda da bisa Zuleide. As crianças preferindo dengue a ter que beijar a face molenga e suada da bisa, que tem buço e hálito azedo. E nem herança ela vai deixar. Faça um favor a você neste Natal: mande a Zuleide, a sua enorme culpa católica, os setenta e oito parentes que você gosta infinitamente menos do que da sua cachorra e aqueles setenta e dois por cento do Facebook que você deu "hide" à merda. PARE DE SE CULPAR, pare de procurar dentro de você a bondade, a generosidade, o espírito natalino. Não, você não é obrigado a gostar das pessoas apenas porque elas fazem arroz com passas e têm o seu tipo sanguíneo. Perseguir a bondade é a única crueldade real que podemos fazer com nós mesmos. Você não é bonzinho e tudo bem. Sim! Tudo bem! Olha que libertador! Neste Natal eu te desejo menos culpa e muita maldade.

Geração Mimmaddium

Contratei duas estagiárias. Paguei a elas o triplo do que eu ganhava com a mesma idade. Deixei que entrassem às onze da manhã, saíssem às cinco da tarde, passassem metade do dia almoçando e dessem as caras apenas três vezes por semana. Permiti cochilos no meu sofá, "momentos meditação" sempre que a casa caía e peidos com cheiro de hambúrguer de soja no meu banheiro.

Permiti que um feriado de dois dias virassem oito em Alto Paraíso, que candidíase fosse motivo para faltar e que o pequeno detalhe "pais ricos pagando a porra toda" não borrasse o lindo discurso "só entro em projeto que tem a ver com a minha alma". Tive que comprar torrada integral de arroz orgânico para o lanche da tarde.

Uma delas estava escrevendo um livro e precisava sair mais cedo. Mas mais cedo que cinco da tarde? Sim, ela queria sair às duas da tarde. Então você pode chegar às dez? Não, ela tinha ioga. E sobre o que é o livro? Ela precisava desse tempo a mais justamente para descobrir. A outra disse que não aceitaria mais nenhuma exploração: "Sempre me fazem ficar uns minutos depois do horário e às vezes dizem que meu trabalho está uma merda".

Dos dezessete anos até ontem eu ouvi, ininterruptamente, que teria que trabalhar mais e que meu trabalho estava uma merda. O trabalho estar uma merda é a única verdade, a única frase de amor possível, o motor mais potente da existência. Viveria eu em um mundo terrível ou viveriam esses jovens em um mundo irreal? Nasci em 1979 e, segundo a Wikipédia, fui salva (por apenas um ano) de ser uma "Millennium". Talvez eu estivesse agora, em vez de escrevendo esta coluna, chorando. Nua em posição fetal no chão do banheiro, encarando todos os braços do Xiva tatuado apontando para o meu umbigo. Triste por quê? Porque as pessoas andam muito agressivas. Porque não virei presidente da empresa aos vinte anos. Porque eu sou tão positiva em relação a tudo que de vez em quando cansa.

Talvez eu estivesse supermagoada querendo processar todo o universo por assédio moral. Talvez eu estivesse planejando uma viagem sabática (de dez anos) para a Europa com doze reais na minha conta bancária. Talvez eu passasse o dia no Facebook postando coisas muito do bem e muito politizadas e muito "mulheres contra tudo e todos", mas não aguentasse meia hora de responsabilidade. Talvez eu odiasse os antibióticos e os obstetras, os grandes inimigos da humanidade. Talvez eu me recusasse a receber qualquer centavo do mercado golpista e, portanto, não pudesse trabalhar em nenhum lugar porque qualquer fim lucrativo é golpista. Talvez eu estivesse googlando "compota de casca de banana" em vez de estar, de novo, comendo um sanduíche enquanto trabalho.

Minhas duas estagiárias passavam boa parte do tempo pedindo mais tempo livre para pensar em planos mirabolantes para conseguir ainda mais tempo livre. Nos únicos vinte minutos por semana que elas trabalhavam, ficavam profundamente irritadas se eu dissesse algo como "putz, acho que não". Eu vivia com medo de ir para a cadeia apenas por não endeusá-las a cada segundo. A primeira a se demitir disse: "Não nasci pra ter chefe ou horário", a segunda, que eu acabei demitindo, falou: "Melhor mesmo, preciso saber quem eu sou". Claro que me refiro a uma pequena (ou média) porcentagem que não está a fim de nada (e não a você ou alguém da sua família, o.k.?), mas todos os dias eu agradeço demais: valeu década de 70! A gente sofreu, mas foi lindo.

Afunilando

Antes, eu morava muito longe do trabalho. Mudei para mais perto do trabalho. O trabalho mudou e começou a exigir que eu viajasse toda hora. Mudei novamente de trabalho, para não ter mais que sair da cidade. Mudei então para mais perto desse trabalho. Por fim, comecei a trabalhar em casa.

Antes, se era Paris, que emendasse logo com Londres e Barcelona. Se eram trinta dias, que virassem quarenta, somando aquela semana que fiz hora extra e o feriado. Com o tempo, mais de dez dias longe de casa já me davam nos nervos. Depois, duas cidades em uma única viagem de cinco dias era coisa de gente que "se desespera com medo de não ter outra oportunidade", o lance é ser fino e curtir uma coisa de cada vez (mentira, eu tava com preguiça, com medo). Aos poucos, Buenos Aires virou o outro lado do mundo. Agora, ponte aérea me faz tomar tarja preta.

Antes, eu ia a todas as festas para as quais me chamavam. Passei a ir apenas às festas de gente que eu realmente conhecia. Depois, apenas às festas de amigos que comemoram em casa (bar ou balada deixemos para os jovens que ainda têm saúde mental para banheiros imundos). Com o tempo, apenas às festas dos poucos melhores amigos que não me irritavam, os que irritavam eu fui dando sinais de "cansaço" na amizade até que eles entenderam.

Por fim, se o cara morar longe, mesmo sendo o último dos seres que ainda me comove, ameaço ir, mas tem sempre uma azia psicológica que me trava.

Antes, eu circulava meu *Guia Folha* com intensidade, pensando se nove filmes, cinco peças de teatro e quatro exposições seriam possíveis em um único fim de semana. Com o maravilhoso advento da Netflix (e também da Apple tv, do Now e da hbo), passei a escolher com energia apenas as mantinhas antialérgicas para o sofá. Até que, do sofá, eu e a tv mudamos para o quarto.

Antes, eu queria fazer muitos filmes, peças, livros, seriados, novelas, ioga, pilates, filantropia e filhos. E ter muitos amantes e orgasmos e estantes de livros e paredes cravejadas de obras de arte que me dariam um status qualquer de pessoa extremamente ligada ao movimento todo, seja ele qual fosse. E ser amada pelo público, mas também pelos críticos e pela galera chatola com blog intelectualizado que só doze pessoas chatolas com outros blogs intelectualizados leem. Hoje, eu quero que a puc não faça barulho e que os meus médicos tenham horários disponíveis.

Antes, eu tinha bode de viajar com vinte e sete pessoas de que nem gosto, para uma casa que eu nem conheço, na praia "segredinho do momento no Nordeste", que nunca era exatamente um segredo porque todos os playboys do país tinham acesso. Depois, eu passei a ter pavor de viajar com dez pessoas de que gosto mais ou menos, para uma casa que conheço mais ou menos, na praia "que já saiu de moda e por isso tá mais em conta", que nunca era exatamente barata porque todo mundo tinha essa ideia. Com o tempo, Ano-Novo tinha que ser no meio do mato, com apenas mais uma pessoa, lendo livros e com protetores auriculares contra os fogos. Agora, eu tenho taquicardia só de ouvir a pergunta "e Ano-Novo, hein?" e sonho com o dia em que emendaremos novembro em março, pulando toda essa presepada de peru com família, Roberto Carlos com Simone, trânsito com esperança e Carnaval com armas.

Antes, tinha que ser lindo, bem-sucedido, intelectual, culto, de esquerda, mas com carro e morando na Zona Oeste. Depois, bastava ser gato, intelectual, morar perto de casa e não me irritar. Com o tempo, bastava ser bonitinho e não me irritar. Hoje em dia, eu curto barba.

Meio orgasmo

Parece que o tal Viagra feminino ou pílula cor-de-rosa, destinada a aumentar a libido e, por consequência, o prazer das mulheres, não é lá isso tudo. Todas as matérias que li esta semana comemoravam: "Já é um avanço! Vivemos em um mundo que só se preocupa com o prazer do homem!". Mas depois davam a real: "O resultado pode ser pífio". Alguns estudos mais aprofundados nos Estados Unidos dizem que o efeito do remédio, quando perceptível, "aumenta" a porcentagem de (apenas) MEIO ORGASMO por mês na vida sexual das moças.

O que seria um meio orgasmo, pelo amor de Deus? E por que tudo é mais complicado e difícil e "ainda não, mas quase" quando se trata de mulher? Enquanto o Viagra devolveu às ruas um número gigantesco de bisavôs entrevados, a tal droga Flibanserin nos oferta um aumento de MEIO orgasmo? Por mês? É tipo "Eita, tá vindo! Eita, tá chegando! Opa, tô... Eu vou... Não, é mentira!". É tipo "olha a cobra" na festa junina. Só que não. Que mundo injusto. Nem um orgasminho inteiro você conseguiu... E agora só mês que vem! Enquanto isso, no livro megacampeão de vendas de Andressa

Urach, *Morri para viver*, ela narra que o seu primeiro orgasmo foi com o cachorrinho de uma amiga. Nem todo mundo vende livros e goza com tanta facilidade. Benza Deus essas pessoas que têm os neurotransmissores e o mercado editorial jogando a favor.

A mesma preguiça que tenho de o remédio ser rosa (sério que mulher só usa rosa? Que seremos definidas por uma cor fofura até na hora de trepar com mais qualidade?) tenho de quem vai reclamar disso (sério que mulher só usa rosa? Que seremos definidas por uma cor fofura até na hora de trepar com mais qualidade?). A mesma preguiça que tenho do nome VIAGRA feminino (sério que, pra falar de nós, precisamos antes falar de um homem?) tenho de quem vai reclamar disso (você já entendeu meu ponto). O mundo está chato e, para piorar, tem um remedinho aí, símbolo máximo da conquista sexual feminina neste 2015, que aumenta nossas chances em MEIO orgasmo. Por mês.

Olha só que louca essa vida: mas as mulheres ainda têm que dar graças a Deus, porque pelo menos "estão pensando na gente"! Depois de centenas de remédios para o prazer do homem, enfim fizeram um PRA NÓS. É pegar o meio orgasmo, achar que é melhor que nada, e voltar mês que vem. Para os homens, o agrado começou na década de 90 e era algo mecânico: tomou, perdurou. O nosso agradinho esperou até 2015 e atua no cérebro, coisa bem mais complicada que um pinto (ainda bem! Por isso somos mulheres!). E não pode tomar junto com pílula (olha o atraso) nem pode beber (olha o preconceito) e periga você desmaiar na hora H. Até a hora H tem "h" de homem, e maiúsculo! Homem pode tudo!

Feministas, psicanalistas, repórteres, programas matinais que ensinam "o que são boas fezes", todos unidos para comemorar as nossas chances de ter, com sorte, o fabuloso MEIO ORGASMO. Por mês. Pelo menos estão pensando na gente. Já é diferente dos tempos da minha avó. Já é diferente dos tempos da minha bisavó. Não sei se é tão diferente. Talvez uma campanha "se masturbe e transe com quem você está a fim sem medo de ser feliz" liberasse aí, para a mulherada, mais do que meio orgasmo por mês. Mas, enquanto o casamento fizer de nós "mulheres melhores", talvez nem meio orgasmo um remédio, com trinta anos de atraso, possa dar.

No que mesmo você trabalha?

Já reparou como algumas pessoas têm empregos indecifráveis? Nunca entendi se elas simplesmente não fazem nada e enrolam com um papinho *hipster* confuso, se fazem algo moderno e/ou chique demais para minha idade e/ou limitação econômica ou se elas próprias não sabem o que fazem e, portanto, não conseguem explicar direito.

Quase sempre tem a ver com energia, tendência, consultoria, reposicionamento, eventos, *big idea*, *coaching* de alma, terapia do espírito, *personal* arrumador de gavetas de meia. Mas de quê? Para quem? Onde? Que horas você sai da cama? Quem te paga? Que *cazzo* você faz exatamente da vida? O quê, por Deus, é um *design thinker* ou um *trend hunter*? Nunca saberemos.

Alguns dificultam tanto a descrição de seus afazeres que ganham uma importância descomunal. Uma amiga que mora em Barcelona tenta me explicar, há anos: "Eu conecto artisticamente pessoas de interesses similares em eventos virtuais com temas socioambientais patrocinados por empresas não governamentais que se utilizam ou não das peças criadas via redes sociais para fomentar a discussão política das pessoas não conectadas". Quando a visitei, ela passava o dia combinando baladas e a noite curtindo as baladas.

Na fila do cinema, semana passada, um cara de uns trinta e muitos anos tentava convencer uma jovenzinha de vinte e poucos: "Eu trabalho com projetos". Ela insistiu: "Mas quais?". "Projetos artísticos." Ela não desistia: "Mas pra que área?". Ele suava, esmagava as sobrancelhas: "Para todas". A garota então pegou o celular na bolsa e, totalmente tomada por sua bolha narcísica (não à toa estamos tão ensimesmados, o outro não tem valido muito a pena), passou a ignorá-lo. Decidido a reverter o jogo, o "sem-profissão" foi comprar duas águas e voltou contando: "Um dos meus projetos talvez seja contemplado". Ela apenas sorriu, prometendo a si mesma jamais entrar novamente no Tinder.

O site de um conhecido diz que ele é professor de expressão corporal focado em danças nativas, ator coadjuvante de uma websérie patrocinada por uma marca de antiácidos, escritor premiado no Festival de Contos de Terror de sua cidade, produtor de videomarketing, DJ, chef de cozinha e consultor de moda. Em suma: ele está desempregado desde que o conheço.

E o eterno intelectual "ainda não estou pronto"? Ele está no vigésimo mestrado ou jamais saiu da página vinte do seu livro. O pavor de expor seus buracos é tamanho que ele próprio faz morada quentinha no furo do seu discurso. Vai passar a vida achando que os amigos que ganham dinheiro são mais burros do que ele, afinal, se o cara estivesse lendo e se preparando, não estaria trabalhando. Talvez ganhe mil reais em algum prêmio supercabeça de literatura e fique incomodado com a fortuna. Se deu certo é porque ele não tentou o suficiente!

Outra coisa com que não me conformo: a quantidade de militantes de redes sociais que não trabalham. Me fale, sinceramente, como você pretende ajudar a causa indígena se a cerveja da sua geladeira é a que sobrou da festa do seu amigo e você, na cara dura, trouxe umas pra casa? Miga, passar o dia no Facebook "lutando" por melhores salários e pagar as contas com a grana do (*sugar*) *daddy* não vale.

Tenho mais carinho pelos que desistiram de explicar o inexplicável e mandam na lata os clássicos "estou em período sabático para autoconhecimento (há trinta anos)", "eu sou feliz" ou "eu vivo a vida".

Viva a covardia

Já terminei namoro toda misteriosona por mensagem de texto: "Pra que falar o que já sabemos em silêncio?". Já terminaram comigo por "inbox": "Tô tão mal que não consigo nem te ligar". Teve também uma figuraça que terminou comigo fazendo um post aberto no Facebook: "Nossa, depois de ontem, acho que vou casar" (só que ele estava em outra cidade). As muitas formas tecnológicas de comunicação são refúgios estupendos para os covardes. A gente manda o recado sem que ninguém nos veja aos prantos, nadando numa piscina facial de muco ou, pior, escrevendo linhas dolorosas enquanto pausa o *Mad Men* e pega mais um pedaço de quiche — pouco se importando com mais um naufrágio amoroso (flerto com esses dois polos — quase morrer ou nem sequer bocejar — desde sempre).

Pois eu sou pelos covardes. Acho terminar ao vivo a maior das crueldades: coisa de gente egoica, sádica, leoninos com ascendente em touro. Se o seu ex ou a sua última "moreca" mandaram um "fui" pela internet, melhor para você, para ele e até para os ursos-polares. Dói, mas... sinceramente? Doeria de qualquer jeito. Quanto mais rápido puxarem o emplastro do seu peito, melhor. Fim de amor não é coisa para discutir em um jantar. "Eu vou querer essa lasanha vegetariana e que você tire todas as roupas do meu armário." "Ah, já eu, vou querer esse risoto à carbonara e que você morra queimada." "Pensando bem, eu vou querer só uma saladinha, porque eu vou ficar bem gostosa e passar o rodo nos seus amigos." Encerrar uma relação não é coisa que mereça "uma saída". Tem gente (eu fico besta!) que se arruma inteira, passa perfume, bota calcinha nova, se depila, para chegar na frente do cara e falar "cabô". Filha, até a burocracia brasileira, das piores do universo, já teve a ideia do Poupatempo. Se você acha e-mail algo frio demais (no caso de um bem escrito e honesto, acho das coisas mais íntimas do mundo), o telefone se presta maravilhosamente a esse tão recorrente serviço de cancelamento.

Certa feita, um namoradinho muito metido a macho resolveu declamar ao vivo e em cores exatamente o que eu já tinha ouvido de outros tantos menos metidos a macho. As frases eram aquele desfile intragável de clichês: "Você é tão incrível que faz eu me sentir pouco homem", "Você é muito independente, me sinto um inútil ao seu lado" e ainda (a mais clássica e a única que acredito) "Você piora a minha angústia, preciso de uma anta ao meu lado, que saiba qual é meu queijo branco preferido em vez de me trazer questões profundas".

Ele pediu vinho caro, foi com a camisa de que eu mais gostava, marcou no "nosso" restaurante, chorou, falou sobre uma "coleção de CDs de jazz" eternamente guardada ainda com o plastiquinho da embalagem, porque ele lidava mal com "abrir espaço para belezas, pois precisava sobreviver nessa selva de pedras" e blá-blá-blá. Por Deus, eu fui achando que ele ia dizer algo como "desculpa aí o sumiço de quinze dias, andei trabalhando demais, mas agora passou, partiu transar?" (eu vivia "trabalhando demais" nesse mesmo trabalho dele e entendia como funcionavam as coisas, estava tudo certo), mas não. Ele queria o palco. Ele queria ar-condicionado com ventinho nas madeixas, luzes taciturnas para o derradeiro momento em que ele seguraria a minha mão e me avisaria, do alto de sua cadeira de rei do mundo, que eu não havia sido a cortesã escolhida. Trilha dramática, lente grande-angular em minhas massacradas pupilas. Ai, que preguiça! O vaidoso busca o tempo todo ser a melhor pessoa do mundo para o outro, mas nada disso tem a ver com o outro. Já o covarde, humilde e boa gente, nos brinda, sem receio, com sua insignificância.

Don Draper vai me abandonar

Estou degustando o fim de *Mad Men* como se fosse o último pedaço de *pain perdu* do planeta e eu, uma desertora da sociedade, fadada a comer folha de bananeira para o resto da vida. Matthew Weiner, o criador da série, parece ter roubado minha história. Também comecei como secretária de criação antes de me tornar redatora, levei muita cantada machista (de algumas eu gostava) e me apaixonei por rapazes que sabiam fazer piadas maldosas e ostentar em jantares com ostras (o alimento e as estagiárias, incluindo eu). Nunca vou saber se a curva dramática de Peggy Olson (de sonsa proletária meiga a esfomeada obsessiva insegura) me soa tão perfeita por ser tão bem escrita ou por parecer tanto comigo.

Tenho uma infinidade de amigos estudando técnicas de roteiro, fazendo workshops "liberte sua criatividade" e "aprenda a escrever", decorando novos nomes para coisas tão básicas e óbvias como "ponto de virada de uma trama". Ouvi dizer que tem professor que chama ponto de virada de Samanta só para dizer que inventou "um método Samanta para ensinar ponto de virada". Não acredito em nada disso. Como diria o He-Man ao final do desenho, vamos ver o que aprendemos hoje apenas ligando o Now sentados em nosso confortável sofá? *Mad Men* consegue ir no esôfago dos personagens sem jamais cair no piegas e no esperado. Ted prometeu largar tudo pra ficar com Peggy, mas na hora H amarelou. Essa é uma premissa que poderia estar no computador de qualquer roteirista (e na vida de qualquer ser humano), mas... seu desenrolar nos traz informações muito mais profundas e tridimensionais que o dado "uma mulher magoada": ela já ocupa um cargo importante, mas é extremamente insegura (angústia é um presentinho de Deus que nenhum curso, por mais caro que seja, vai te dar!); ela é uma mulher moderna a fim de sexo proibido delícia e ao mesmo tempo uma mocinha romântica que se apaixona e quer uma família (sim, porque no mundo real somos um pouco de tudo); Ted preferiu os filhos, coisa que certamente a atormenta, porque ela abandonou o dela; ela está com ódio mortal de Don porque, no fundo, é ele quem ela deseja; mesmo sabendo "de onde veio" e sendo quase sempre fofa e do bem, ela pode ser bem rude com seus subalternos (ah, que falta fazem personagens menos maniqueístas em nossas novelas!). Essas coisas todas são ditas em diálogos altamente explicativos e repetitivos, para pessoinha em casa que se distraiu pegando um suquinho? Não. Ao final, ela se vinga, ele se arrepende e eles são felizes? Não. Com isso ela aprende que não vale a pena transar com homens casados? Se Deus quiser: NÃO.

São escritores maravilhosamente sádicos que descartam, assim como Don Draper, vários romances que pareciam relevantes e nos atropelam com intrigas agudas para só solucioná-las muitos episódios à frente (ou jamais, pois assim é a vida). Feitos os devidos elogios à estrutura, já podemos babar um pouco nos diálogos. O chefe de Don, Roger Sterling, bebe demais e dá em cima de Betty, primeira mulher de Don. No dia seguinte, fala sobre como "estaciona seu carro em garagens erradas quando está alcoolizado". Sem nenhum "tiros e correrias", desfile de clichês ou "explicação verbal mala da cena que já estamos vendo", Don entende o pedido de desculpas e "semissorri". Em uma cena extremamente dramática, sabemos que o nome real de Don Draper, Dick, foi uma homenagem à sua mãe que, segundos antes de morrer por causa do parto, disse que cortaria o "dick" do pai do menino por engravidá-la. O nome daquele ser magnânimo é PAU e a cena, meus amigos, consegue ser triste. He-Man vibra nessa hora! Posso ouvi-lo dizendo, sobretudo para mim: "É assim que se escreve, crianças!".

Pais não envelhecem

Chego atrasada. Meu pai diz: "Ela chegou e tá toda maquiada". Minha mãe diz: "Tá toda maquiada, vai sair?". Minha mãe fez nhoque. Isso quer dizer que ela esmagou bolinha por bolinha porque se recusa a comprar massa pronta. Minha mãe odeia quando gastamos duzentos reais num almoço. "Em casa eu gasto vinte reais e faço uma comida mil vezes melhor que a desses restaurantes metidos a besta de que você gosta." Meu pai traz, dentro de uma mochilinha da Sadia, chocolates de presente e dois potes de plástico para devolver. Ele conta que está tomando açaí "pra não ficar esses velhos magrelos". Minha mãe usa um chinelo dourado. Queima, queima, queima a sola do pé. O exame acusou neuropatia. O médico explicou que ele não é diabético, mas é vegetariano. Eu não entendo nada mas dou conselhos do tipo "andar é bom" só porque na minha imaginação meus pais estarão sempre andando. Ágeis e entusiasmados. A cabeça dói um pouco todos os dias exatamente às seis da tarde, e ele fica "de saco cheio da vida". Ele conta que quer uma namorada para "sair um pouco, ir ao cinema, jantar, viajar". Ele conta que tem uma moça na vizinhan-

ça que dá bola pra ele. "Então namora ela!" Ele aumenta a voz: "Deus me livre! Ela vai querer sair, ir ao cinema, jantar, viajar".
Minha mãe fez salada de quinoa orgânica. Isso quer dizer que ela acordou cedo e foi à feira do Parque da Água Branca. Meu pai trouxe Ferrero Rocher. Já disse mil vezes que não gosto desse chocolate, mas ele acha chique — por causa de um comercial que tinha um mordomo — e me dá bronca: "Sai desse regime, homem que é homem gosta de mulher mais cheinha".
Minha mãe está com labirintite. Por causa da tontura, tropeçou e acha que quebrou o dedo. Por causa da dor no dedo, não dormiu. Porque não dormiu, está mal-humorada. Porque está mal-humorada, tomou um quarto de não sei o quê. Por conta disso, piorou a tontura. Porque piorou a tontura, acabou de apoiar errado o dedo quebrado e agora tem certeza: quebrou.
"Deixa eu ver, mãe." "Não, isso não é nada." "Quer ir ao hospital?" "Não, já disse que não é nada." "Então tá!" "Olha, Carlos, quebrei o dedo e sua filha não está nem aí!"
Meu pai trouxe duas garrafas de suco de uva branca. Isso quer dizer que tava rolando alguma promoção no Kanguru. Kanguru é o supermercado perto da casa dele. Ele vem todo cheiroso e arrumado e dá dois beijinhos na minha mãe. Meus pais estão separados há trinta e um anos, mas quando minha mãe abaixa pra pegar um guardanapo ele levanta as sobrancelhas.
Eu estou com dor nas costas. Não sei se machuquei fazendo pilates ou se vou ter uma recaída da gripe. Eu estou com os olhos secos. Não sei se o ar está podre ou eu vou ter uma recaída da rinite. Eu estou triste. Não sei se é porque meus pais estão ficando velhos ou se é porque eu não consigo ficar velha. Ao invés de chorar, dou uma gargalhada alta. A vida é sempre mais louca do que triste.
O cabelo da minha mãe ficou ótimo. Está bem curto e com mechas loiras. "O cabeleireiro acertou dessa vez, hein, mãe." "Claro, eu MANDEI ele cortar do jeito que EU QUERIA." Meu pai fala

baixo pra mim: "Essa baixinha é fogo". Ela pergunta o que estamos cochichando.

A cachorra pede colo e minha mãe começa a conversar com voz de criança. Eu me distraio vendo e-mails no celular. Meu pai começa a dormir e só acorda porque sua barriga ronca. Ele vai até a varanda ver "como o dia está bonito". Eu e minha mãe nos olhamos, porque sempre achamos que ele vai é soltar pum. Ele volta maravilhado com o dia que está lindo e pergunta o que estamos cochichando.

Olho meus pais e, por mais que eu tente ver duas pessoas com setenta anos, vejo dois jovens sarados e corados com gostos antiquados para roupas e quadros.

Meu pai reclama que a pele do seu braço está molenga e manchada, mas eu vejo o peitoral bronzeado e forte de quando frequentávamos piscinas. Minha mãe reclama que as pernas incharam e que os exames de sangue isso e aquilo, mas eu a vejo com seus cabelos de Farrah Fawcett usando uma de suas minissaias, causando paixões avassaladoras no trabalho. Sempre tinha algum homem sofrendo de amor em sua secretária eletrônica.

Às vezes ela vem com umas ameaças muito maduras do tipo "quando eu morrer, você vai lamentar MUITO não ter me levado ao shopping pra comprar um chip". Eu nunca caio nessa. Desde criança eu sei que mãe não morre.

Minha mãe era tão linda que eu gostava de ficar sentada no chão do banheiro, vendo ela tomar banho. Ela era tão linda que eu sempre a beijava na boca assim que ela adormecia. Tão linda que dos cinco aos doze anos eu fiz, sem parar, mais de mil cartas de amor para ela. Em uma dessas cartas eu escrevi, dentro de um coração ensanguentado: você me fascina. Eu tinha oito anos. Eu não virei sapatão por muito pouco. Aliás, acho que sou um pouco sapatão.

Se eles continuarem com essa palhaçada, serei obrigada a

219

cortar relações. Eles tentam me lembrar diariamente que estão velhos. Eu só consigo sentir raiva: por que essas pessoas absolutamente saudáveis e jovens e eternas insistem nesse papel ridículo de ficar velho, doente e um dia morrer? O que eles querem de mim deixando o tempo passar? Ainda mais amor?

Minha mãe diz que está há meses desanimada, sem vontade de sair de casa. Mas eu não escuto. Lembro dela secando os cabelos e ouvindo rádio no último volume. Ela dançava e cantava alto enquanto secava os cabelos. Parecia uma leoa. Dourada, vermelha. Sempre usando preto. Eu pensava: isso é ser mulher. Que legal ser mulher! E que mulher! Meu pai diz que se sente velho e cansado. Mas eu o vejo em seu carro conversível, viajando com a minha mãe para Gramado, usando camisa lilás com calça cáqui. "Quanta coisa eu não fiz achando que seria jovem pra sempre!" Ué, e não estava certo em achar isso? Que cara doido!

Ignorante demais para Abramović

Ainda não fui à exposição *Terra comunal*, da sérvia Marina Abramović, e culpo meu namorado por isso. Ele falou "agora?", como se dissesse "me acerte um soco no nariz com toda a sua força, mas não me faça ir a essa exposição hoje". Não insisti, também estava com preguiça.

 Acho que sou ignorante demais para entender a avó da arte performática. Quando a vejo comendo uma cebola crua com entrega e esmero, penso logo no Fabio Puentes fazendo hipnose em programas dominicais. Quando sei que ela consegue ficar por horas (e por anos) sentada numa cadeira, imóvel, sem comer, sem ir ao banheiro, enquanto é observada por milhares de pessoas, penso que ela ganharia fácil o carro no *Big Brother Brasil*.

 Quando leio que ela morou numa van com o ex-marido e que eles só tomavam banho quando algum frentista boa-praça os deixava usar o chuveiro do posto de gasolina, penso: mano, imagina o sovaco?

 Quando fico sabendo que, também durante esse período na van, ela tricotava e cozinhava enquanto ele dirigia e cuidava de toda a parte burocrática, penso que eles rodavam o mundo vendendo ruptura e viviam como meus avós.

Mas, piadas fracas à parte, confesso que um trecho de documentário (disponível no YouTube) que fala especificamente sobre a sua relação de doze intensos anos com o artista Ulay me emocionou muito. Primeiro, porque algumas das obras desse período são realmente incríveis (adoro a *Breathing In/ Breathing Out*, em que eles se beijam sem parar, soprando ar dentro da goela um do outro). Segundo, porque, perdoe a confissão besta, eles eram muito bonitos e apaixonados.

Em *Relation Work*, os amantes trombam um com o outro para falar dos conflitos homem × mulher. Numa das afrontas corporais, ela se estabaca no chão e ele segue reto, ignorando a namoradinha e respeitando sobretudo a artista (Ulay fala como ela era mais forte e aguentava melhor "os limites da resistência física" que ele). Achei isso maravilhoso. Não derrubei nenhuma lágrima quando 674 pessoas postaram aquele vídeo fofo do mesmo Ulay (agora coroa sexy) aparecendo de surpresa no MOMA, em Nova York, para participar da performance *A artista está presente*, em que Marina encarava as pessoas e as fazia chorar. Agora, era Ulay que a encarava e a fazia chorar.

Mas chorei (um tanto exagerada, porque parei com os barbitúricos) ao encontrar na internet uma entrevista de Marina narrando como foi andar noventa dias pelas muralhas da China para encontrar seu grande amor e então terminar a relação. Ela concluía a experiência da obra *Os amantes* dizendo: "Eu tinha quarenta anos e só conseguia pensar que estava velha e feia... Nunca tive como mulher a confiança que eu tenho como artista". Como não amar essa fortaleza ao mesmo tempo frágil, fascinante e insegura?

"Um artista deve evitar se apaixonar por outro artista" e "todo trabalho de um artista é sobre sua vida amorosa". Estava apaixonada, quase tatuando Abramović na virilha e desistindo deste texto, mas a sua nova fase budista clama por ironia.

Tenho preguiça profunda (apesar de ter *O livro dos segredos*, de Osho) desse papo "viver o momento aqui e agora". Até gosto da ideia, mas tenho certo preconceito quando tentam vendê-la. O Método Abramović levou uma cacetada de amigos jornalistas para o Sesc e de quase todos ouvi: "Meia hora encarando um pedaço de cristal, morrendo de dor nas costas, me achei idiota". Eles pediram segredo.

Motivos para amar Olive Kitteridge

Olive, a personagem-título dessa obra-prima da HBO, é uma ode aos impacientes com "gente simples". Se você se irrita quando não entendem sua ironia, sente a bile ganhando vida própria e dando piruetas dentro do seu fígado com aquele papinho-furado de salão de beleza ou de elevador, só semiesboça um sorriso falso e aturdido pra gente bronzeada trincada de alegria que te chama de "lindaah" e fala "ma-giiii-naaaah", essa é a sua minissérie.

Se, por alguma razão obscura, papo de doença te seduz, se, por algum motivo misterioso, você não pode ver uma entrevista com psiquiatra na TV que logo já aumenta o som, se livros sobre fobias e vícios te chamam a atenção, se biografias de suicidas ofuscam toda a seção de autoajuda nas livrarias, a história dessa professora de matemática severa (e tão doce pra quem consegue enxergar) que ensina os alunos a temerem sobretudo "ser mais um" foi feita pra você.

Dirigida por Lisa Cholodenko (se você não chorou em *Minhas mães e meu pai* você não tem um órgão torácico), com a monumental Frances McDormand (além do Oscar por *Fargo*, ela é casada com o Joel Coen e eu acho muito luxo pertencer a essa família), a minissérie de quatro capítulos (densos, lentos, maravilhosos) é uma adaptação do livro homônimo de Elizabeth Strout (que apenas ganhou o Pulitzer de melhor ficção).

Dito tudo isso, vamos a mais um nobre motivo: Bill Murray. Por favor, me diga se você não ama em absoluto a cara dele de "preferia estar em casa cortando as unhas" no Globo de Ouro. O olhar dele de "cinismo é o meu melhor terno" no Oscar. O enfado dele recebendo um fax sobre a cor do piso ou do azulejo (não lembro) em *Encontros e desencontros*. Sempre tomado por uma arrogância refinada infinitamente perdoável. Ele está acima daquela patuscada toda e sabe que a gente sabe.

Enfim, me responda: apesar de o seu analista achar que isso atrasa a sua maturidade, você continua, lá no fundo, dividindo o mundo entre gente louca e gente chata? Amando os loucos apesar de ser impossível ficar perto deles e odiando os chatos apesar de aturá-los tempo demais apenas porque a solidão é uma merda (e os chatos sempre estão disponíveis)? Te entendo. E nós amamos Olive.

Se, de todos os seus primos, aquele que tem cara de que pode assassinar a família inteira a qualquer momento é o seu preferido, e, se de todas as suas namoradas, aquela que faria da tua vida um inferno é a única que vez ou outra aparece num sonho erótico, não deixe de assistir a essa maravilha.

Você já se pegou querendo dar uma joelhada no queixo dos civis da-casa-pra-firma-da-firma-pra-casa-sempre-pensando-positivo-e-postando-foto-de-pôr-do-sol-irado? Procura veneno na alminha alheia, o tempo todo, pra não morrer de tédio? Acha gente muito bonita e muito magra e muito rica e muito sem glúten e muito "acordo cedão pra correr" e muito suco detox a coisa mais invejável do mundo por dez segundos, até ter muita vontade de explodi-los todos numa balada *trance* em Jurerê Internacional? Em suma: valoriza mais o que a pessoa ao lado faz com a própria angústia do que com os músculos e a conta bancária? Então é Olive na cabeça!

Uma hora

Dr. Gilson, novecentos reais (em algum lugar de minha autoimagem deturpada ficou instaurado que glamour é aval de Jesus. A pessoa sai da Zona Leste com a mania de achar que um médico caro é o passaporte para "pertencer". Mas pertencer a quê, se nem vou com a cara dos ricos paulistanos?), acha que não tenho fobia de avião. Ou de viagem. Ou de sair da rotina. Ele acha que tenho problema "de pressão" e me manda fazer sempre tudo "uma hora antes" pra dar tempo "de descansar e recuperar a pressão".

O voo é à uma da tarde. Tem que acordar às nove da manhã, porque há quatro dias já estou fazendo a conta: uma hora antes chegar ao aeroporto. Uma hora antes de chegar ao aeroporto, sair de casa. Uma hora antes de sair, começar a me arrumar e arrumar as coisas. Uma hora antes de tudo, uma hora. Porque, com sorte, antecipo uma hora o voo e, chegando uma hora antes ao Rio, deito um pouco no hotel antes da reunião. E descanso uma hora. Ter UMA HORA é palpável. É como ter um amigo chamado Uma Hora que é gente finíssima, sereno e absolutamente dedicado até que, uma hora depois, ele pega sua maletinha de ar e vaza, me deixando acompanhada apenas do Vício, um cara magrelo com a pele toda cagada que me diz "se você correr muito pode TER UMA HORA de novo". Uma Hora é a puta que eu pago só para ficar dizendo no meu ouvido "tudo bem, eu tô aqui". E "você ainda tem uma hora para eu ficar sussurrando que você ainda tem uma hora".

Eis o gozo supremo do neurótico: ele está indo tão bem com sua vida, que lhe foi cedido por alguma divindade esse furo absoluto na Matrix, uma hora. Ele está em controle tão pleno e absoluto de sua existência de cidadão bem enturmado com a sociedade que ele não só tem emprego, cônjuge, agenda, cachorro e linhaça. Ele tem tudo isso e ainda UMA HORA. De dentro do avião (que antecipei apenas meia hora, porque a outra meia hora eu perdi em dez vezes de três minutos em que fiz coisas "mais lentamente do que o esperado" ou apenas fiquei catatônica pensando em como ter tempo) faço uma lista mental de tudo o que eu posso fazer em meia hora antes da reunião: almoçar & escovar os dentes; banho rápido & cochilada; chegar antes pra puxar o saco do chefe & cocô; me matar & comprar chicletes (não nessa ordem); desistir da reunião & inventar uma desculpa; pensar em sexo & mandar uma mensagem "como vai" para minha mãe (sempre quando em intenção de desfrute, seja solitário ou numa relação, seja de amor ou frugalidade, eu lembro que deveria "usar meu tempo com coisa melhor" como dar amor a quem me criou — mas sempre faço a opção pelo carnal, pois sou adulta e é isso que se aprende na terapia: ser adulto é transar em vez de pensar na mãe).

Tirar o esmalte & curtir vídeo bebê com cachorro; morrer & desistir de morrer (só possível mentalmente, mas noventa e oito por cento da minha vida só é possível mentalmente, então não quis pular essa oportunidade). Ainda posso fazer um mix escolhendo uma opção de uma frente binária e outra opção de outra frente binária. Escolho banho e lanche rápido. Lanche rápido não tinha, né? Só tinha almoçar. Mas eu faço de propósito porque acho ridículo ter que fazer algo só porque eu o planejei há uma hora. Ou há duas horas. Ou há uma hora e uns quebrados, apesar de os quebrados me angustiarem um pouco. Daí, porque interrompi o jorro da obsessão, sei que tenho uma hora até começar tudo de novo. Essa uma hora, diferente da "uma hora" que batalhei e me foi dada por mérito, eu roubei e me foi dada por mau comportamento. Gosto das duas igualmente. Assim como tudo de que gosto, gosto também igualmente do seu oposto. Em suma, eu não deveria ter parado com o remédio. E superdeveria. Só tenho um segundo agora.

A banalização da teta

Terminei de ver o documentário da Cássia Eller aos prantos e fiquei uns dois dias cantarolando "All Star" pela casa. A história é recheada de lindezas dilacerantes como seu filho, aos sete anos, tocando Nirvana no Rock in Rio e o momento em que a dona do vozeirão arrebatador decide ser mais doce e romântica porque o mesmo Chicão, fã de Marisa Monte, pediu.

Impossível não se emocionar com essa força da natureza que, tímida e coça saco imaginário, conseguiu ser amada pela turma do blues, do rock, da MPB, do samba e ainda encerrou sua trajetória brilhante com algo inédito e revolucionário, principalmente para o Brasil daquele ano: um juiz aceitando uma união homossexual e dando a guarda do filho de Cássia para Maria Eugênia, sua companheira por catorze anos.

Quando a cantora mostrava os seios, por tudo o que berrava ou apenas para provocar como uma moleca, aquilo fazia um enorme sentido para mim. Quando a turma Pussy Riot, Femen e Marcha das Vadias mostra os seios, contra o machismo, a favor de uma história de lutas (pelo direito a: voto, transar por prazer, decidir sobre uma gravidez indesejada, ganhar o mesmo salário de um colega, se proteger contra a violência dentro da própria casa, sair de shortinho agarrado na rua sem aturar abordagens desagradáveis e, o pior, um desgraçado achando que isso dá direito a estupro, curtir a praia fazendo topless, não ter o corpo exposto nas redes sociais por um ex escroto) também estou com elas.

Quando uma atriz, uma modelo, uma gostosa em capa de revista, as mães do mamaço ou uma mera cidadã exibicionista (me incluindo aqui quando fiz uso de decote extremo para persuadir atendente da Gol a me colocar num voo já fechado) expõem os seios bem à vontade, também acho coisa bonita de se ver. O peito é nosso e todo aquele blá-blá-blá! Escancarar principalmente para "rir de quem se acha muito poderoso ao tentar ver" é fantástico.

Mas confesso um profundo incômodo (prometo avaliar em terapia se mora dentro de mim uma sapata mal resolvida ou uma tiazola reaça da Tradição, Família e Propriedade) quando a teta desnuda me parece mal-intencionada.

Respeito muito a teta niilista, aquela do "por nada": tava calor, eu tava entediada, eu tava doida, eu tava brincando. Palmas para essa e também para a teta simplesmente vaidosa. O "sei lá" e o ego purista são Beethoven nesses tempos chatos em que tudo precisa ter "uma bandeira". Mas a teta MAL-INTENCIONADA me constrange.

A TETA FALSA IDEALISTA merece ser discutida, porque banalizar a teta (estar louca para se exibir, mas dizer que é apenas uma teta e que na verdade você está preocupada é com os ursos-polares) é cagar na cabeça de Freud. Em alguns casos, temos que nos perguntar: se fossem apenas seios, por que mostrá-los para chamar a atenção para poder dizer isso?

Por teta de má-fé chamo as pessoas que decidem "mamilar" de forma engajada quando o tema não tem nada a ver com biquetas. Tipo: mostrar os seios porque os professores ganham mal? Porque os velhinhos merecem melhores aposentadorias? Para se sentir intelectualmente inserida num momento político tenso quando a única real intenção é a capa da *Sexy*? Expulsar uma brasileira gordinha de um grupo de idealistas "expotetas" e não querer que a gente pense que precisa ser "gatinha padrões de beleza" para poder "tetarreivindicar"? Daqui a pouco vão mostrar a teta só porque a NET mentiu de novo que vinha.

Tem algo de podre no reino das tetas politizadas na mídia, e não estou falando de estética (ainda que, e por isso me pareça tão errado, algumas delas estejam). Minha audiência nunca será imediata tampouco grandiosa enquanto escrever for a minha teta de fora, mas esse feminismo chucro deveria ser visto como uma bobagem (muuuito chata!) um tanto perigosa.

Acho que eu te amo

As festas na minha rua lembram minhas enxaquecas. Antes da dor propriamente instaurada, sei que terei uma crise forte quando qualquer luz ou voz um pouco mais intensas me enojam secretamente, como assédios sutis. Antes da explosão inegável e do mal-estar palpável, o oxigênio já se apresenta como um fantasma gordo que insiste, pós-feijoada extrema, em fazer uma sesta demorada em minha nuca.

Ainda não estão formados os grupos que gritam, impondo a juventude como o único poder sem concorrência. Nós, adultos cansados de um dia de trabalho, muitas vezes calamos, com vergonha de ser mais inveja do que direito. Um misto de melancolia e respeito.

Mas o asfalto, velho e escuro nas minhas caminhadas com a cachorra no domingo de manhã, mas diamantado e lascivo nesses dias, me conta: prepare-se, que hoje tem. Os bares ainda estão vazios, mas, a uma quadra de distância, meu piso de madeira recém--lustrado reflete o sorriso dos funcionários ávidos por "caixinhas": prepare-se, hoje tem. Ainda nada atrapalha o trânsito, mas as pessoas já socam as buzinas, somando agressividade com um desejo involuntário de percutir o caos. Hoje tem. Os garotos ainda estão na aula, mas dá para ouvir do meu banheiro o tique-taque de seus pulsos. Não demora nada. Multiplique primeiro dia de aula da PUC por véspera de Carnaval. Às quatro da tarde, com previsão de durar a eternidade, eles chegaram. Do nono andar já dava para sentir o cheiro de urina. Aê, Cajuzeira! Aê, Drigueira! Aê, Caju! Drigueeeeeira! Cajuuu! Dois imbecis decidiram conversar em looping grotesco e no volume mais alto imposto pelo fabricante de suas carcaças de plástico. Pensei em escarrar em suas cabeças sexuais, estourar um ovo orgânico sobre seus cabelos elétricos. Começou a chover e formulei algo de incontrolável caráter criminoso: LAVE-os daqui.

Onze da noite e meu ódio curtido por sete longas horas ganhou forma fantástica. Uma sombra de monstro ultrapassou meus pés e alcançou as paredes. Correu para o teto com caninos afiados, a voz sussurrante e firme da mente de um psicopata: faça alguma coisa. O Psiu não faz nada, a reitoria diz que é da porta para fora e não tem controle. Batuque, grito. Caju e Drigueira. Urina. Faça alguma coisa AGORA.

De moletom, chinelo, cabelo preso e com a cara cheia de ácido clareador de manchas, me meti no meio da festa. A ideia era dizer a cada um: olha, pega essa sua pouca idade expansiva e estupidamente sonora e enfia. Até você se autoimplodir numa inexistência espetacular.

Foi quando um garoto de uns dezenove anos beliscou meu nervo lombar e perguntou que curso eu fazia. Eu disse: trinta e seis anos, casada, só quero dormir. Ele respondeu: "Duvido, doida". E me girou. Os ossos da mão dele, assim como a naturalidade de sua afronta, eram feitos de uma consistência (há muito por mim) esquecida. Era como se eu pudesse quebrá-lo em mil pedaços que em poucos segundos ele se refaria, voltando a ser um garoto de dezenove anos me rodopiando. Nenhum mal poderia interpelar sua magnífica sobreposição de vidinhas pulsantes. Cada centímetro da sua pele reluzia e me rodopiava. "Acho que eu te amo", ele disse. Sou de uma idade em que os homens só têm certeza. Sou de uma idade em que os homens só seguram em minhas mãos para compartilhar sinceridades frias, machucadas e desistentes. Por dois segundos cogitei beijá-lo, mas apenas voltei para casa com cãibra no sorriso. Dormi pesado como uma adolescente bêbada, com os pés sujos.

Edilayne

Foi em Cannes que nossa relação começou a degringolar. Eu estava lá a trabalho, mas Edilayne insistia em me atrasar, instagramando mil vezes a vista do quarto, ficando horas na hidromassagem com zilhões de botões (até os dedos virarem uvas-passas vencidas, ainda mais massacrados pelas unhas de um pink vulgar) e futucar como uma criança precocemente libidinosa o controle remoto especial para ajustar o blackout da cortina. A princípio, fiquei meio assim de levar Edilayne, mas não teve jeito. Quando percebi, ela estava me envergonhando, por exemplo, no café da manhã. Ela começou a rinchavelhar quando percebeu que o banquete tomava o que seria um espaço maior do que duas vezes o seu apartamento. Edilayne enfiou três tipos de queijo em um sanduíche que era metade um tipo de pão, metade outro tipo de pão e deu uma golada no suco (mistura de duas frutas) por cima de tudo, fazendo uma argamassa grosseira que machucaria sua faringe (uma inflamação que duraria dias). Ela queria tão intensamente curtir cada requinte e abundância, que acabou doente no segundo dia. Uma doença que chamei de "deslumbramento mendicante" e ela nem retrucou, ocupada que estava em usufruir destemperadamente das benesses de uma boa vida.

Voltei decidida a nunca mais levar Edilayne às viagens de trabalho, às reuniões em produtoras, às festas em editoras, às palestras no Projac, aos Natais em família, à casa de amigos, a jantares românticos, para a cama de morenos cínicos. Ela se ofendeu de morte com a rejeição e declarou a mim (com a veemência ilimitada de uma descendente de italianos sem berço) uma vingança aterradora. Cada vez que eu tentasse encobrir Edilayne, cada vez que eu tentasse escondê-la debaixo de um tapete persa, cada vez que eu, num tom baixo e cheio de respiros, quisesse me sobrepor aos atropelos gritantes de Edilayne, eu padeceria de um pânico terrível que me paralisaria por completo. Era como se ela dissesse: "Se você for sem mim, irá também sem saber quem você é".

Comecei falando, na terapia, do que mais me incomodava: a compulsão. A gula, a fome descabida de Edilayne. Estava cansada de ter sempre comigo a mulher pouco refinada, que se entregava, escancarada e destampada (e numa bandeja de plástico) para qualquer situação que pudesse vir acompanhada do subtítulo "aproveita, boba". De homens bonitos a cargas horárias absurdas de trabalho, de banquetes a badernas, Edilayne vivia setenta e oito horas num único dia, enquanto eu só queria entender como levantar da cama.

Edilayne me contava de seu passado de menina sem. Sem trabalho, sem grana, sem rapazes, sem sal. Agora, parasita de todas as minhas boas condições, ela gritava dentro da minha cabeça, uma rouquidão agressiva e feminina, um timbre ao mesmo tempo forte e esgotado: "EU VOU À FORRA". Dane-se que você pretende tomar apenas um chá, sorrir entreaberto com (ainda assim muito grandes) meios dentes e ir embora cedo. Eu quero é comer tudo, beber tudo, beijar tudo, falar tudo, escrever sobre tudo, passar mal e ainda pedir uma fritura. Morrer de amor e ainda pegar o irmão do cara. Trepar no lustre e ainda abrir um espacate no meio da pista de dança. Que lustre? Que pista de dança, Edilayne? Nem ela sabe.

Depois de muitos anos de terapia, hoje achei — e peço perdão por esse momento brega, com desfecho autoajuda decepcionante para a literatura — que seria bonito e importante escrever esta frase que vem agora. Eu sou a Edilayne e tenho orgulho disso.

Nunca mais

Viajei com Pedro para Nova York. Seriam seis noites apenas. Na manhã do derradeiro dia, decidimos nunca mais voltar para o Brasil. E como faríamos com nosso apartamento, nossa cachorra, o trabalho, a família, o IPVA, os amigos? Não faríamos e pronto. Pesquisamos um lugar barato no Brooklyn. Com dois casacos, três camisetas "segunda pele" e algumas meias termais viveríamos o inverno inteiro. O cartão já estava estourado, mas restavam quatrocentos dólares. Quando a temperatura esquentasse, dormiríamos pelados no parque.

O importante era nunca mais voltar. E não por causa desse papo chatérrimo de que "o Brasil não dá mais". Não somos um casal coxa. "Não voltar" era nosso mantra musicado por harpas celestes. NÃO VOLTAR. Quando enjoávamos de tamanha insistência nessa frase mágica, a substituíamos pela mais bonita sentença já proferida pelo homem: NUNCA MAIS.

Em São Paulo, havia esquecido como é bonito meu marido. Esqueci, inclusive, de entendê-lo como marido. Tinha um cara aqui, meio mal-humorado, bastante impenetrável, quase sempre olhando um ponto fixo no além. Suas camisas estavam penduradas no armário e me encaravam toda manhã, um tanto sisudas porque fui mais simpática do que deveria com outras pessoas.

Mas acordei uma manhã (percebendo, aterrada, ser meu primeiro dia de férias em cinco anos) e, meu Deus, quem era aquele deus grego deitado ao meu lado? Pedro tem um rosto tão bonito, uma pele tão macia, pernas tão másculas. Ah, Pedro, "quando Deus te desenhou, ele tava namorando"! Um sorriso de tirar meu fôlego. Aliás, ele sorri!

Pedro também é bastante engraçado. Fiquei chocada como me sinto protegida ao lado dele. Sim, parecem frases tiradas de uma revista ruim. Talvez, sentir-se feliz de verdade seja bastante parecido com aquelas mentiras bestas das revistas ruins. Sim, essa última frase também parece tirada de uma revista ruim.

Foi a primeira viagem da minha vida em que não tive nenhuma crise de ansiedade (bom, aí vamos dar o mérito também ao meu psiquiatra). Culto, paciente, bom companheiro até para a fila da Urban Outfitters. Quem era aquele sujeito? Será que ele me daria bola? Nem sempre você está cansado de uma relação, às vezes você só está cansado. Depois de anos morando com um cara legal, precisei tirar férias para me apaixonar perdidamente pelo homem mais legal que já conheci.

Nunca mais. Dormiríamos entrelaçados amando nossos esconderijos epiteliais. Adorando comprar caxemira barata, comer em lugares muito descolados subterrâneos a lugares ainda mais descolados e curtir como crianças ao reconhecer cenas de 786 filmes em cada esquina. Andar, andar e andar.

Fizemos as malas prometendo jamais voltar. Pegamos um Uber repetindo "nunca mais". Embarcamos entoando nossa senha da felicidade. Chegamos a Guarulhos ainda pesquisando lugares baratos e maneiras de viver eternamente naqueles seis dias de férias. Chegamos em casa planejando nunca mais voltar para casa. Se tudo der certo, vamos ficar aqui para sempre.

O casamento do meu ex

Por mais desconexos que fossem o vestido roxo, a meia-calça preta e os sapatos vermelhos, esses eram meus únicos acompanhantes no que deve ter sido a noite mais solitária da minha vida. O motivo da roupa não foi afronta, foi mesmo uma limitação: eu não sei me vestir direito. O cabelo e a maquiagem, eu mesma dei um "tapa" em casa — e eles sofreram com a violência doméstica gratuita. O motivo, mais uma vez, não foi vingança. Eu não sei me pentear nem me maquiar e, desconfio, tenho dúvidas também de como existir. Me recuso a ir a um salão de beleza. É preciso ter a coluna muito boa e a cabeça muito ruim para aturar esses lugares estranhíssimos, decorados com revistas e pessoas maldosas e atapetados com fios capilares de diversas cores e sebos.

A noiva, ao contrário de mim, sabia como afinar antebraços, sorrir sem o peso abissal do cinismo, ser feliz sem a obsessão cruel com autoironia e usar com leveza e maturidade saltos altos e joias. Ela é uma moça, uma princesa, uma dama, uma graça, uma dessas coisas que homens adoram adquirir para adornar a vida. Estava frio e ela estava quentinha. Eu entendi tudo e quase desejei (ser eu a) estar casando com ela.

Ela não trazia os extremos — e, por isso, visíveis — sinais da angústia: bafo, cervical invertida, vontade de sentar o tempo todo para dar uma descansada de ter nascido, dedos sendo estalados com certo vício, queixo inseguro e uma vontadezinha de suicídio escondidinha láááá no último dente.

Se eu usasse (a sério) uma cauda branca numa igreja, me peguei dizendo ao psiquiatra no dia seguinte, eu teria um ataque de riso histérico. Eu me sentiria tão ridícula que teria medo de o teto cair em minha cabeça caso eu não fizesse rapidamente alguma piada. Eu me rasgaria inteira e gritaria "nem atrás sou mais pura, tia Celinha". E nós rimos. Se eu chegasse numa limusine ou numa charrete ou numa jangada, imagine só as desgraças cômicas que eu proporcionaria aos convidados? Talvez eu morresse afogada ou, mais grave: o cavalo cagasse em mim.

Ele estava lindo. Lindo, lindo, lindo. Na primeira vez que transamos (e eu não tive um orgasmo porque eu estava feliz demais para ter um, e ele me achou louca por ter dito isso e então tudo começou a desandar porque ele já tinha a ideia de casar com uma princesa quentinha e não uma louca que diz essas coisas), eu olhei seus cachos molhados de suor e pensei "taqueupariu, que gato!". Seus cachos agora estão grisalhos mas eu ainda tenho por volta de trinta e cinco ameaças de paradas cardíacas sempre que o vejo. E tive cento e trinta e cinco ao vê-lo vestido de chumbo, no altar. Não sei se era essa a cor mas, certamente, era essa agora a palavra.

Quando lhe dei o abraço de "seja feliz, querido" pensei em dizer: "Te amo pra sempre eterno amor da vida, vamos tentar de novo? Talvez hoje, que eu não estou feliz, eu tenha um orgasmo e você se sinta homem e eu me sinta uma princesa", mas disse apenas: "Pô, legal hein?!". Ele fez aquele carinho na minha cabeça que quer dizer: "Ô, doidinha, te adoro!", e eu pensei: "Talvez eu morra mais tarde, te deixo uma carta", mas disse apenas: "Agora vou atacar a comida".

Ao chegar em casa, dormi de conchinha com minha cachorra e chorei ouvindo Caetano. "Pra que rimar amor e dor?" Porque ele é lindo, ela é uma princesa, e eu fiquei tão entupida que tive que pingar Aturgyl.

Fezes e sangue

Sou 1034. Aviso que não preciso passar pelas atendentes, só vim deixar minhas fezes. É cocô, não precisa burocracia. "Tem que aguardar, senhora." O número está em 1025. São nove pessoas na minha frente. Cada uma demora cerca de cinco minutos. São então quarenta e cinco minutos segurando, na frente dos outros, com aparente normalidade e uma certa confiança, minha bosta. Me sinto naquele pesadelo recorrente: eu com uns dez anos de idade, no meio do pátio da escola, com as calças arriadas e sentada numa privada. Na hora do recreio.
Logo mais, tenho um almoço com intenções sexuais. Para tal, uso saia curta, meia-calça fina e botinha de couro cano baixo. Estou também com minha echarpe de seda que é puro fetiche. Tenho os olhos pintados e uso meu perfume Molecule 01, uma novidade londrina que promete tornar os feromônios de qualquer civil tão atraentes quanto os de Gisele, a Bündchen. Resumindo: em nada orno com um pacotinho ensacado de merda quente.
É mostrar minha carteirinha do plano, assinar alguma coisa e abandonar meus dejetos ali mesmo. E então, lupas mágicas di-

rão se o profundo mal-estar que tive há alguns dias foi apenas cansaço ou alguma bactéria maligna. Apita o 1030. Falta pouco. Só quero que acabe logo essa manhã: ser encarada em porte do próprio esgoto ensacado é ainda mais humilhante quando ninguém está rindo.

Chega um casal qualquer. Estou trocando mensagens safadinhas pelo celular e não presto atenção nos dois. Mas eles, talvez por conta de minha exagerada performance estética para um laboratório, prestam muita atenção em mim. O homem faz tanto barulho tilintando os dedos em sua pasta de couro que sou obrigada a notá-lo.

Hoje coroa charmoso, sua coluna arredondada entrega que ele já foi um banana e, certamente, o mais fraco da relação. Isso fica ainda mais nítido na melancolia escura das olheiras da mulher: "Esse desgraçado já foi louco por mim".

Ao ver que ela me fuzila com olhos bondosos, travo uma conversa telepática. Veja, minha senhora: no fundo, o que importa são as frutas limpas e cortadas. Você as limpa e corta ou dá ordens para que assim o faça a empregada? Elas descansam alegres na geladeira à espreita dos momentos tediosos de seu marido? Todo homem precisa de um docinho saudável para enganar os reais desejos de uma noite. Se sim, você venceu.

Existe um universo de garotas mais jovens, mais bonitas, mais inteligentes e mais divertidas que você. Todo um universo de fêmeas cheias de perguntas enquanto você acredita que a resposta é apenas ciceronear genes unidos pelos filhos e pelos corredores dos anos.

Mas não sofra: o mundo ainda é seu. As garotas de hoje só cuidam mesmo é de prolongar o próprio colágeno. Mimar marido é uma lição que se extinguiu nas últimas décadas. Existe um planeta com micos-leões-dourados e esposas que sabem o poder reconciliatório de um bolo de fubá.

Por isso, fique em paz: depois de duas ou três comparecidas em jovens de pele firme, eles morrem de saudade é da frutose docemente cortada em cubos que os espera em casa. Se você sabe de cor o número do colesterol de seu cônjuge e do telefone do feirante que entrega orgânicos em casa, saiba que seu casamento não corre riscos. As bundas redondinhas e duras não podem nada contra a sua milenar devoção maternal.

O terno está bem ajustado ao corpo, as calças não têm pregas, seu pulso não carrega um daqueles relógios esportes enormes tão deselegantes, o homem me parece tão importante que eu não sei como ele não mandou a secretária vir excretar em seu lugar. Enfim, o poder de um homem ainda é muito afrodisíaco mesmo num mundo cada vez mais tomado por sociólogas, e as mocinhas, mesmo achando que são gases, sentem algo quando ele passa.

Sim, ele já deve ter degustado com excitante culpa algumas dessas sonsas deslumbradas. Sim, ele está me olhando descaradamente, e eu no lugar da senhora já teria feito um escândalo, ido embora, pegado no pau do enfermeiro.

Você não vai dizer nada. Vai continuar acariciando os braços do seu homem como se fosse uma náufraga agarrada a um toco de madeira podre. Porque da mesma forma que eu não consigo imaginar minha vida ao lado de um homem que cobra, em tenso silêncio julgador, uma feminilidade que se oferta na forma de mangas defloradas, você não consegue imaginar a sua longe dele e da faca que prepara amorosamente o deleite de um eterno rebento. Não somos diferentes, apenas igualmente viciadas em estilos opostos de sobreviver.

O número da esposa foi chamado ao mesmo tempo que o meu. Era sangue o que ela daria.

Pegada e comida

Quando eu escrevia para revistas como a *Vip* e a *Alfa*, ficava impressionada com os e-mails que eu recebia. Era tanto machismo que no lugar das vírgulas eu via pentelhos desprendidos por coçadas grotescas. Uma vez escrevi uma crônica supertriste, narrando a infinita dor de um pé na bunda, e recebi lindas palavras de apoio: "Mulher que se expõe como você tem que morrer sozinha, sua arrombada do inferno".

Já são mais de três décadas ouvindo: "escrever não dá dinheiro... e pra piorar você ainda é mulher", "mulher ou é engraçada ou é sexy", "tem que ser meiga e doce pra arrumar namorado", "não fale demais de seus sucessos profissionais pra não espantar as pessoas", "ria e bata palminhas em vez de falar muito", "deu na primeira noite é puta", "use um belo decote quando for pedir aumento", "homem ganha mais porque não engravida", "leve um amigo com você no mecânico pra não ser feita de idiota", "não pega bem chegar sozinha às festas". E não ouvi isso de nenhuma tia-avó de Valinhos não, esses são conselhos que seres humanos que gostam de rock indie e têm muitos mestrados costumam dar.

Sim, o mundo ainda é muito machista. Sim, isso é uma merda. *Oh yeah*, eu luto diária e bravamente contra todas essas ideias. Bom, dito tudo isso, o que eu quero mesmo é dizer outra coisa.

Não consigo entender extremismos do tipo: "não pode falar que comeu/pegou uma mulher" porque isso é misógino e reaça e machista e trata a mulher como objeto. Posso estar errada, mas a princípio isso me soa como mais um exagero de gente que nunca dá chance ao humor e divide as ruas entre cicloativistas e playboys alcoolizados que atropelam transeuntes no Itaim. Existe uma infinidade de humanos bem-intencionados (e muito reais) entres os santos e os demônios.

Tudo o que eu mais quero, às vezes (quase sempre), lá no fundo de minha psiquê moderna e independente, é ser "pegada" e comida. Tudo o que eu mais quero, pra relaxar de ser uma moça esforçada e correta vinte e três horas e meia por dia, é aquela meia horinha de sacanagem. Com sorte uma hora. Vou escrever na parede dos botecos da Vila Madalena: "Mais Nelson Rodrigues e menos radicalistas, por favor". Viver está tão chato que até pra jogar conversa fora daqui a pouco vai ter gente separando o lixo.

Eu não quero chegar em casa (depois de fazer quinhentas reuniões, chefiar equipes e pelejar pra ganhar o mesmo destaque e o mesmo salário dos meus amados colegas) e, numa comunhão de alma e intelecto, ser convidada pelo meu "mozinho" ao ato respeitoso da troca de fluidos. Eu quero que ele me pegue e me coma.

Que preconceito é esse comigo? Só um casaquinho de frio pode ser "pegado"? Só o cachorro-quente pode ser comido? Eu também quero! Por que os objetos e os alimentos podem sentir uma ávida, máscula e rude mão forte... e eu não? Homem é uma coisa maravilhosa, presentinho de Jesus, mas assombradas e deslumbradas pela luta de gênero, estamos esquecendo de gozar. Sou livre, lutadora, batalhadora, rainha e todas essas coisas bonitas de cartões do Dia da Mulher... mas também sei que ficar de quatro não é ser inferior, é apenas divertido e uma ótima maneira de a bunda ficar bonita e a celulite não aparecer.

Se ele puxar meus cabelos e me chamar de cadelinha, isso não faz de mim menos mulher e nem desmerece minha luta diária por igualdade e respeito. Eu não fico com vontade de ir para o tanque esfregar uma cueca e nem ele me devolve para a prateleira, como um troféu de hipismo que já não está mais empoeirado. Sério: vocês transam pra valer ou só escrevem teses de mestrado que ninguém vai ler?

Na ânsia de defender a mulher de tudo e todos (o que é bastante necessário, porque ainda sofremos muito preconceito, exploração e violência), não podemos esquecer certas delícias da vida. E uma delas, muito simples e maravilhosa, atende pelo sonoro nome de HOMEM. Macho, para as íntimas.

Que nada nos defina, que nada nos sujeite, que a liberdade seja a nossa própria substância e que, com sorte, ele não me peça para ficar por cima hoje. Estou com preguiça.

O brinde

No último domingo, fui convidada a falar para centenas de pessoas em um evento. Mandaram um motorista me buscar e, assim que cheguei ao local, jovens sorridentes cuidaram com esmero da minha fome, da minha maquiagem e do meu cabelo. Dei entrevistas para sites e revistas. Fiz pose ao lado de mulheres influentes e chiques. Alguns leitores me pediram fotos e abraços. Tinha tudo para ser uma grande tarde, não fosse um pequeno e gratuito detalhe. Assim que o identifiquei em meio à multidão, começou o meu martírio. O que é? Por que todas têm e eu não? O que eu fiz de errado para não merecê-lo? E se acabar? E se eu nunca mais me perdoar por ter perdido essa chance?

Era uma sacolinha transparente, com caixas coloridas dentro. Perfumes? Maquiagens? Absorventes? Brinquedos? Comidinhas? Não sei explicar o que acontece com o meu coração quando vejo um brinde, só sei que começo a persegui-lo com a fúria selvagem dos hipoglicêmicos há dias sem lanchinho. Minha vida começa a depender seriamente da obtenção daquele mimo, e não há nada que a razão possa fazer.

Não adianta me falarem "vem comigo que te dou uma joia, um carro, um avião". Minhas pupilas e papilas só se dilatam e se aguçam de verdade quando tem papel colorido barato, saquinho mequetrefe e uma das palavras mais bonitas da língua portuguesa: amostra.

Eu tentava me concentrar nos preparativos da apresentação, mas já tinha perdido as rédeas da mente. Cadê o brinde? Cadê o brinde? E o brinde descia escada, subia escada, ia embora, entrava no banheiro, sorria, encontrava amigos. Uma sacolinha esbarrava em outra. Algumas garotas (vacas!) tinham DUAS sacolinhas. E eu nenhuma.

Eu dava entrevistas com um olho na câmera e outro no brinde, que, como todo bom brinde, se distanciava cada vez mais de mim. O mistério foi ficando tão insuportável que pensei em berrar: "Eu não subo nesse palco enquanto vocês não me falarem que *cazzo* tem dentro dessa sacolinha!".

Um garoto insistia em saber minha opinião sobre o lugar de fala e se o homem pode ser feminista. Foi quando tive a ideia do pacto. Combinei que eu daria a manchete polêmica se ele me cantasse a boa do brinde. O atalho da prenda. A senha da oferta. O caminho do gozo. Brinde, brinde, brinde. Você vira ali à direita e pega aquela fila, está vendo?

Eu era a quinta da fila, e meu coração já estava na boca quando uma garota da produção veio me chamar: "Vai começar, Tati". Eu fiz que não era comigo e continuei na fila. Ela foi mais enfática: "Precisamos ir agora". Eu resolvi ser sincera. Olhos lacrimejantes, me humilhei, apelei: antes eu preciso do brinde, entende? Ela achou que era piada, balançou a cabeça como se dissesse "não vou cair nessa" e foi avisando no radinho: "Achei, estamos a caminho". Mas eu não me movi.

Ela prometeu que ao final da apresentação me levaria o brinde o ou mandaria para minha casa. Eu não confiei e continuei na fila. Chegaram reforços. Mas eu agora estava em terceiro lugar e não arredaria o pé dali.

"Tragam ela agora", eu ouvi gritarem do radinho. Ao ver tanto desespero, a senhora à frente me cedeu seu lugar. Ganhei meu brinde. Era uma sacolinha azul com uma pasta de dente. Não! Não! Eu quero a sacolinha transparente com caixas coloridas. Essa tinha acabado. E o que tinha lá dentro? Hein? O quê? Pelo amor de Deus?

O abraço

Eu estava na rua Harmonia, saindo de um almoço, e me culpava pelo sapato tão difícil em um dia tão difícil. Poucas coisas me suscitam maior desproteção do que me sentir malparada em dias que é necessário despachar-se com velocidade. Percebi que fazia aquilo de novo. Prensar a mandíbula, me mastigar para acabar logo com isso. Depois sempre vinha a enxaqueca. Depois o remédio da enxaqueca me daria gastrite. A gastrite me faria comer mal. Comer mal baixaria minha resistência, e eu pegaria alguma virose. A virose me faria respirar pela boca, que me faria dormir mal, que me faria, lá para o terceiro dia dormindo mal, tomar um remédio para dormir bem. E então, quando eu parasse com o remédio, depois de uns dois dias dormindo como só os bons filhos que ainda moram com as boas mães dormem, eu apertaria o maxilar, querendo me triturar para acabar logo com isso. Cada saliva produzida é uma nova chance de recomeçar o círculo vicioso da autodanação diária.

    Eu checava minha própria voz em um áudio de WhatsApp (vocês também fazem isso? Um misto de "xeu ver se sou sexy?"

com "xeu ver se falei tudo que tinha pra falar" com "só me coloco no lugar do outro quando é pra receber uma mensagem minha") quando um Kia Soul vermelho brecou secamente. O decrescer do vidro revelou gradualmente pedaços de um rosto habitual. Parecia um jogo do Silvio Santos "ma-oê, de quem são esses olhosamm?". Primeiro uma testa conhecida, então um nariz conhecido, daí uma boca conhecida.

Sim, era ela. Há quanto tempo! Muito. A gente ainda se gostava? Acho que bastante até. Ela acenou ansiosa, e eu me entreguei — talvez pelo cansaço de permanecer ereta sobre o par carrasco de pisantes — a um desejo desenfreado de abraçá-la.

Minha amiga parou o carro na contramão, coisas de um apreço urgente, de uma irrupção que perderia significado e charme se desperdiçasse o ímpeto. Saiu do carro. Deu pulinhos de "não acredito". Eu comprei a farra e decidi que atravessaria sem olhar direito. O rapaz da moto me xingou. Espalmei capôs furiosos com distendidas linhas da vida. É para um enlace, camarada iminente. É para um afeto, buzinaços da intolerância. Só alguns segundos do seu egoísmo e poderá ocorrer um encontro nesta tarde! Ninguém naquela fila de motores queria negociar com minha necessidade de encaixe humano. O que eles ganhariam ao dividir asfalto com fôlegos alheios? Um mundo melhor? Eles preferem que o dólar baixe.

Percebi que minha amiga apertava os olhos e ria. Um medo de que eu me machucasse, mas também um jeito de saber que estávamos salvas apesar de tudo. Ainda mais agora. Uma intimidade que poderia voltar se permitíssemos. Ah, eu permitiria, eu estava cansada desses sapatos esnobando o chão, desses escapamentos cuspindo pressas tóxicas, desses almoços estreitados entre o espere um pouco e o não demore muito, desses faróis esbugalhados para a inércia.

Seria rápido. A gente se abraçaria e pronto. Só quero me descansar um pouco em você. O queixo um pouco no seu ombro. Percebe como os músculos do pescoço não dão mais conta do peso da cabeça? O que aconteceu com a gente e com os músculos do pescoço? Como é que tá? E o que mais? Sim, vamos marcar com calma. Fui chegando perto, sorrindo. Ela rindo. Quando paramos frente a frente, concluímos: nunca tínhamos nos visto na vida. Pedi desculpas, ela pediu desculpas. Foi ridículo.

ESTA OBRA FOI COMPOSTA EM MINION PELO ESTÚDIO O.L.M. / FLAVIO PERALTA E IMPRESSA EM OFSETE PELA LIS GRÁFICA SOBRE PAPEL PÓLEN SOFT DA SUZANO PAPEL E CELULOSE PARA A EDITORA SCHWARCZ EM JUNHO DE 2018

A marca FSC® é a garantia de que a madeira utilizada na fabricação do papel deste livro provém de florestas que foram gerenciadas de maneira ambientalmente correta, socialmente justa e economicamente viável, além de outras fontes de origem controlada.